Pour introduire le narcissisme

SIGMUND FREUD
AUX ÉDITIONS PAYOT & RIVAGES

Cinq leçons sur la psychanalyse, suivi de : *Contribution à l'histoire du mouvement psychanalytique*
Psychopathologie de la vie quotidienne
Totem et tabou
Introduction à la psychanalyse
Essais de psychanalyse
Dora. Fragment d'une analyse d'hystérie
Le Petit Hans, suivi de : *Sur l'éducation sexuelle des enfants*
L'Homme aux rats. Un cas de névrose obsessionnelle, suivi de : *Nouvelles Remarques sur les psychonévroses de défense*
L'Homme aux loups. D'une histoire de névrose infantile
Le Président Schreber. Un cas de paranoïa
Malaise dans la civilisation
L'Homme Moïse et la religion monothéiste
Sur le rêve
Psychologie de la vie amoureuse
La Féminité
Notre relation à la mort
Trois essais sur la théorie sexuelle
Au-delà du principe de plaisir
Psychologie des foules et analyse du moi, suivi de : *Psychologie des foules* (Gustave Le Bon)
Le Moi et le Ça

(Suite en fin d'ouvrage)

Sigmund Freud

Pour introduire le narcissisme

suivi de

La théorie de la libido et le narcissisme

Une difficulté de la psychanalyse

et de

Les différences psychosexuelles entre l'hystérie et la démence précoce (K. Abraham)

Traduction inédite de l'allemand par Olivier Mannoni

Préface de Anne Brun

PETITE
BIBLIO
PAYOT

Retrouvez l'ensemble des parutions
des Éditions Payot & Rivages sur

www.payot-rivages.fr

Note de l'éditeur. « Pour introduire le narcissisme » et « Une difficulté de la psychanalyse » sont publiés ici dans une traduction inédite due à Olivier Mannoni. Le texte de « La théorie de la libido et le narcissisme », traduit à l'origine par Samuel Jankélévitch et composant le chapitre XXVI de *Introduction à la psychanalyse*, a été entièrement révisé par Olivier Mannoni pour la présente édition. Enfin, « Les différences psychosexuelles entre l'hystérie et la démence précoce », de Karl Abraham, est traduit par Ilse Barande avec la collaboration d'Élisabeth Grin et extrait de *Œuvres complètes, I : 1907-1914*, Paris, Payot, 1989.

Conseiller scientifique : Gisèle Harrus-Révidi.

PRÉFACE

Au miroir des Narcisses : mythe, psychanalyse et pathologies contemporaines

par Anne Brun

Qui, de nos jours, ne connaît pas le mythe de Narcisse[1], mort par dépérissement, consumé par l'amour à la contemplation du reflet, dans l'eau, de son image, dont il était amoureux au point de refuser les avances d'Écho ? Le narcissisme est devenu un terme du langage courant qui désigne l'amour porté à l'image de soi. Dans la théorie freudienne, l'introduction du narcissisme en 1914 représente une véritable « révolution métapsychologique », car il marque, comme le souligne Paul-Laurent Assoun[2], une

1. Ovide, *Métamorphoses*, livre troisième, 339-510.
2. Paul-Laurent Assoun, « La révolution métapsychologique : le narcissisme », *in* Alain et Sophie de Mijolla (dir.), *Psychanalyse*, Paris, PUF, 1996, p. 291-295.

coupure majeure de l'élaboration métapsychologique par une introduction, non pas « au » narcissisme, mais « du » narcissisme dans la pensée psychanalytique. Après la place centrale donnée au complexe d'Œdipe dans la métapsychologie, l'avènement du narcissisme va reconfigurer l'ensemble de la théorie psychanalytique et permettre la découverte de nouveaux points de vue métapsychologiques.

Le narcissisme correspond à l'investissement du moi par la libido et Freud propose alors l'idée d'une opposition et d'un balancement entre la libido narcissique et la libido d'objet : cette avancée théorique novatrice marque en 1914 le second pas de la théorie pulsionnelle avant la troisième théorie pulsionnelle, qui opposera en 1920 pulsions de vie et pulsions de mort. Il s'agit de penser de façon nouvelle les processus inconscients freudiens du point de vue de ce concept du narcissisme : la théorie de la libido ne sera plus exclusivement centrée sur l'objectalité, mais aussi sur l'investissement de soi-même et Freud établira une sorte de balance entre libido du moi et libido d'objet.

Les prémisses de l'introduction du narcissisme

Ce n'est pas Freud qui a inventé ce concept, emprunté à la sexologie allemande et notamment à Paul Näcke, qui choisit en 1899 le terme de narcissisme pour désigner une perversion par laquelle « un individu traite son propre corps comme on traite habituellement le corps d'un objet sexuel ». Mais le fondateur de la psychanalyse, dans « Pour introduire le narcissisme », dégage ce concept de la seule problématique de la perversion et lui donne une acception beaucoup plus large dans l'évolution psychosexuelle normale de l'homme : il postule un investissement originaire du moi, le narcissisme primaire, temps premier de complétude narcissique, préalable à toute différenciation d'avec l'objet, et considère donc le moi comme un grand réservoir de libido, qui est en partie envoyée vers les objets. Autrement dit, l'investissement de la libido sur le moi est constant et dans un second temps dérivé vers les objets. Certes, Freud avait déjà utilisé ce concept avant son article de 1914, mais le narcissisme ne désigne plus désormais un simple moment de l'évolution sexuelle entre narcissisme et choix d'objet, mais une constante structurale de la libido.

En 1915, dans « La théorie de la libido et le narcissisme », le chapitre XXVI d'*Introduction à la psychanalyse*, Freud fait référence aux premières conceptions de Karl Abraham qui a énoncé dès 1908 – suite à un échange d'idées avec lui, précise le fondateur de la psychanalyse – l'hypothèse que la démence précoce se caractérise par l'absence de la fixation de la libido aux objets, car elle est retournée vers le moi. Ce retournement réflexif est la source du délire des grandeurs dans la démence précoce, mécanisme tout à fait comparable à la surestimation sexuelle de l'objet dans la vie amoureuse. Freud souligne que ces thèses d'Abraham, dans « Les différences psychosexuelles entre l'hystérie et la démence précoce », sur le rôle du narcissisme, sont devenues le fondement de la position psychanalytique par rapport aux psychoses. C'est donc l'intérêt croissant de Freud pour le traitement des psychoses qui motive en partie l'introduction du concept de narcissisme.

Dans l'œuvre freudienne, la première occurrence du terme de narcissisme se trouve dans une note de bas de page ajoutée en 1910 aux « Aberrations sexuelles », le premier des *Trois essais sur la théorie sexuelle*, à propos du choix d'objet chez les homosexuels : « Les futurs invertis [...] se prennent eux-mêmes comme objet sexuel, ce qui signifie que, procédant à partir de ce narcissisme, ils se mettent à la recherche de jeunes hommes qui leur ressemblent et qu'ils veulent aimer comme leur mère les a aimés[1]. »

C'est l'homosexualité qui fera donc l'objet des premiers développements freudiens sur le narcissisme. Dans *Un souvenir d'enfance de*

1. Sigmund Freud, « Les aberrations sexuelles », in *Du masochisme*, Paris, Payot, coll. « Petite Bibliothèque Payot », 2011, p. 67.

Léonard de Vinci (1910), notamment, Freud avance que Léonard représente des têtes de femmes souriantes, en lien à sa fixation à la mère, et de beaux petits garçons, c'est-à-dire des garçons qui le représentent enfant : « Il trouve ses objets d'amour dans la voie du narcissisme » en régressant vers l'autoérotisme.

Dans la visée toujours d'éclairer l'homosexualité, Freud complétera cette analyse à propos de Schreber, évoquant un stade par lequel la libido, au cours de son évolution, passe de l'autoérotisme à l'amour objectal : « On l'a qualifié de *narcissisme*. Je préfère le nom peut-être moins correct, mais plus court et moins péjoratif, de *narcisme*[1]. »

Freud conservera finalement dans ses écrits ultérieurs le terme de narcissisme, préférant ainsi à la création d'un concept propre l'acception commune de ce mot qui renvoie directement au mythe. En 1911, il décrit le narcissisme comme une phase intermédiaire entre l'autoérotisme et le choix d'objet : « Il s'agit du fait que l'individu saisi dans son évolution, qui résume en une unité ses pulsions sexuelles travaillant dans le sens de l'autoérotisme, afin de gagner un objet d'amour, se prend d'abord soi-même, puis son propre corps, comme objet d'amour, avant d'abandonner

1. Sigmund Freud, *Le Président Schreber. Un cas de paranoïa* (1911), Paris, Payot, coll. « Petite Bibliothèque Payot », 2011, p. 124.

celui-ci pour passer au choix d'objet d'une tierce personne[1]. »

Cette première définition du narcissisme comme étape intermédiaire entre les autoérotismes et l'amour d'objet s'accompagne de l'idée d'une régression possible de la libido à cette phase narcissique. Ce développement annonce ce que Freud avancera en 1914 : la question du narcissisme dépasse largement le champ de l'homosexualité et concerne « l'évolution sexuelle régulière de l'humain ». Dans *Totem et tabou*, en 1913, Freud prolongera ces vues par l'hypothèse d'une phase de développement entre l'autoérotisme et l'amour d'objet, et il établira une correspondance entre la phase animiste de développement de l'humanité et le narcissisme dans le développement libidinal de l'individu.

De l'autoérotisme au narcissisme

L'introduction du concept de narcissisme pose la question de son articulation avec l'autoérotisme, décrit précédemment par Freud comme un état de la libido à son début. Alors que les pulsions autoérotiques existent à l'origine, le moi n'est pas présent depuis le début chez l'individu, mais il doit subir un développement, comme l'indique cette formulation

1. *Ibid.*

célèbre du fondateur de la psychanalyse : « Quelque chose doit donc s'ajouter à l'auto-érotisme – une nouvelle action psychique – pour donner forme au narcissisme[1]. »

Cette nouvelle action psychique, correspondant à l'émergence du moi, initie une modification majeure dans la métapsychologie, qui jouera désormais sur la complémentarité et l'opposition de la libido d'objet, où le sexuel vise l'objet, et de la libido du moi, où le sexuel est tourné vers le moi.

Freud propose l'image évocatrice du narcissisme comme un animalcule protoplasmique qui envoie ses pseudopodes sur les objets et peut les ramener à lui ; cette image forte désigne donc la représentation d'un investissement libidinal originaire du moi, dont « une partie est ultérieurement transmise aux objets », mais qui persiste fondamentalement. Freud souligne alors l'interaction entre libido du moi et libido d'objet : « Plus l'une consomme, plus l'autre s'appauvrit. » La distinction entre une énergie sexuelle, la libido, et une énergie des pulsions du moi est d'abord indiscernable dans l'état du narcissisme ; elle n'apparaît qu'avec l'investissement d'objet. Le processus par lequel le moi transforme la libido qui l'investit en libido d'objet apparaît réversible, car la libido d'objet peut redevenir libido du moi (ou libido narcissique).

1. *Infra*, p. 43.

Narcissisme et vie pulsionnelle

Freud pose alors la question de savoir si son affirmation d'un investissement primaire de la libido dans le moi invalide sa distinction précédente entre une libido sexuelle et une énergie non sexuelle des pulsions du moi : la libido narcissique, libido du moi, inclut en effet le registre de l'autoconservation de la première théorie des pulsions. Cette distinction entre libido du moi et libido d'objet apparaît donc à Freud comme le prolongement de son hypothèse de la séparation des pulsions sexuelles et des pulsions du moi : même si elle s'appuie en grande partie sur la biologie et peu sur le fait psychologique, elle s'impose à partir de la clinique des névroses de transfert et des paraphrénies (démence précoce et paranoïa). C'est ce qu'il réaffirme avec force, à l'appui de sa discussion avec Jung, qui défend la conception d'un monisme libidinal, autrement dit d'un type unique d'énergie psychique.

L'introduction de l'analyse du moi[1] *(Ichpsychologie)* par cette conceptualisation nouvelle du narcissisme apparaît en effet étroitement corrélée à la controverse avec Jung, qui revendique « les exigences du moi » et défend l'uni-

1. L'utilisation du terme « analyse du moi » paraît préférable à celle de « psychologie du moi », qui renvoie aux polémiques historiques avec les tenants américains de la « sphère libre de conflits ».

cité de l'énergie psychique, mais Freud en situe aussi l'origine dans trois autres types de questionnement : les difficultés rencontrées dans le travail psychanalytique avec des névrosés ; l'étude de la schizophrénie, où la libido se retire des objets du monde extérieur ; la vie psychique des enfants et des peuples primitifs, qui croient à la toute-puissance des pensées.

Freud discute la thèse de Jung selon laquelle le concept de libido ne pourrait pas s'appliquer à la schizophrénie, de même que le retrait de la libido ne pourrait pas être la cause de la perte de la réalité dans la psychose. Le fondateur de la psychanalyse développera cette conceptualisation du repli narcissique et du désinvestissement des objets dans la schizophrénie, en 1915, dans son essai intitulé « L'inconscient ». L'enjeu de ce débat entre Jung et Freud est essentiel, car l'étude directe du narcissisme est impossible, comme le souligne le fondateur de la psychanalyse.

Une des difficultés de la première partie du texte de Freud semble résider dans le fait que celui-ci affirme le maintien de l'opposition entre libido sexuelle et libido non sexuelle, alors même qu'il définit le narcissisme comme pulsionnel, en le désignant comme « le complément libidinal à l'égoïsme de la pulsion d'autoconservation », donc en affirmant la nature sexuelle des pulsions destinées au moi. Comment comprendre que le narcissisme soit par nature pulsionnel, mais qu'il puisse aussi devenir l'objet d'une désexualisation ?

Narcissisme : sexualisation et désexualisation

Nous verrons ultérieurement que le narcissisme peut permettre des désexualisations, notamment lors de la formation d'idéal, dans l'idéalisation susceptible de désexualiser l'investissement libidinal ou dans la sublimation qui implique une désexualisation.

Mais, parallèlement, la seconde théorie des pulsions, qui se définit par l'opposition et la complémentarité entre libido narcissique et libido d'objet, introduit l'idée d'un « sexuel dirigé vers le sujet » (René Roussillon), et l'autoconservation représente alors l'une des manières par lesquelles le sujet « s'aime » lui-même. En 1920, dans *Au-delà du principe de plaisir*, Freud proposera une troisième théorie des pulsions[1], qui prend forme suite à l'introduction du narcissisme, et il soulignera l'opposition entre pulsion de vie et pulsion de mort : par conséquent, la libido objectale comme la libido narcissique relèvent désormais des pulsions de vie et se sexualisent.

1. Sigmund Freud, *Au-delà du principe de plaisir* (1920), Paris, Payot, coll. « Petite Bibliothèque Payot », 2010.

Toutes les pulsions sont sexuelles. L'Éros, la pulsion de vie, utilise la sexualisation pour tenter de lier les expériences traumatiques. En 1914, Freud avait déjà avancé dans *L'Homme aux loups* qu'une expérience de déplaisir trouve une voie d'éconduction ou de liaison grâce à sa sexualisation[1]. Au moment de l'élaboration de la théorie du narcissisme, le réservoir de la libido est le moi : l'investissement de l'objet « appauvrit » le moi et inversement l'abandon des investissements de l'objet « gonfle » à nouveau le moi. Mais, dans la troisième théorie pulsionnelle, le réservoir de la libido sera le ça. Le passage de l'investissement de l'objet et sa reprise par le moi s'accompagnent alors d'un processus de désexualisation secondaire, surtout quand les objets sont œdipiens. Le processus primaire se caractérise donc par la sexualisation des processus psychiques, alors que le travail du processus secondaire consiste à désexualiser sans « délibidinaliser » la liaison primaire.

Dans ses écrits sur le narcissisme et la perversion, René Roussillon note que dans la métapsychologie, la théorie du sexuel évolue implicitement d'une conception qui différencie des pulsions sexuelles et des pulsions non sexuelles, à une conception où ce sont les

1. Sigmund Freud, *L'Homme aux loups. D'une histoire de névrose infantile* (1914), Paris, Payot, coll. « Petite Bibliothèque Payot », 2010.

processus de sexualisation et de désexualisation qui apparaissent déterminants[1]. Ce constat permet de dépasser l'aporie de 1914, celle d'un narcissisme non seulement pulsionnel, mais aussi désexualisé.

Cliniques du narcissisme

Dans la deuxième partie de « Pour introduire le narcissisme », Freud poursuit sa démonstration sur la validité de sa théorie du narcissisme à partir de la clinique. Après avoir à nouveau souligné que l'analyse des psychoses est la voie privilégiée de l'accès au narcissisme, il développe trois autres directions pour l'approche du narcissisme : l'étude de la maladie organique, celle de l'hypocondrie et celle de la vie amoureuse des deux sexes. Freud ouvre ainsi la voie à des perspectives très intéressantes dans le champ de la psychosomatique : il définit l'hypocondrie comme un retrait de l'intérêt pour le monde extérieur et une concentration de la libido sur l'organe, source de sensations corporelles pénibles. Il différencie alors l'hypocondrie et la paraphrénie, issues de stades de la libido du moi, sources de déplaisir du fait de l'élévation de tension, des névroses de trans-

1. René Roussillon, « Narcissisme et logiques de la perversion », *in* Nicole Jeammet, François Neau, René Roussillon, *Narcissisme et perversion*, Paris, Dunod, 2004.

fert, provenant de stases de la libido d'objet : il faut donc aimer pour ne pas tomber malade.

La vie amoureuse ouvre en effet une troisième voie d'accès, particulièrement importante, à l'étude du narcissisme. Freud oppose le choix d'objet selon le type narcissique et le type par étayage. Selon le type narcissique, on aime ce que l'on est soi-même, ou ce que l'on a été soi-même, ou ce que l'on voudrait être soi-même, ou la personne qui a été une partie de soi. Selon le type par étayage, on aime la femme qui nourrit et l'homme qui protège.

L'innovation freudienne consiste à faire l'hypothèse que ces deux voies s'ouvrent à tout être humain, doté de deux objets sexuels originaires : lui-même et la femme qui lui donne les soins. Il note que le choix d'objet par étayage caractérise surtout l'homme, alors que les femmes chercheraient avant tout à être aimées. Les femmes narcissiques froides avec les hommes pourraient accéder à l'amour d'objet par leur enfant. C'est paradoxalement le narcissisme du sujet qui suscite l'amour, dans le cas de l'enfant ou de la femme avide d'être aimée, ou encore des félins et des fauves, et même des grands criminels et des humoristes, qui fascinent précisément par leur narcissisme primitif.

Le narcissisme primaire, un postulat discutable

Freud postule alors un narcissisme primaire, difficile à saisir à partir de l'observation directe, à l'appui d'une compulsion parentale à attribuer à leur enfant toutes les perfections : *His Majesty the Baby* accomplira les rêves de désir non réalisés des parents tant et si bien que l'attitude des parents n'est rien d'autre qu'« une réanimation et une reproduction de leur propre narcissisme » sous la forme de l'amour d'objet. Ce narcissisme primaire est un sentiment de toute-puissance et de complétude autosuffisante : il renvoie – ce que Freud ne précise pas dans ce texte[1] – à une illusion première d'indifférenciation entre le nourrisson et le monde extérieur, autrement dit à un état subjectif précoce anobjectal, indifférencié, dans la mesure où l'enfant n'aurait pas encore construit de lien subjectif à un autre, vécu comme différent de lui.

On pourrait souligner que cette théorie du narcissisme primaire, conçue de façon solipsiste, relève d'une « pénétration agie » (Jean-Luc Donnet) de la problématique narcissique dans une théorisation qui tend justement à tout rapporter à soi, à effacer ce qui vient de

1. Freud complétera la définition du narcissisme primaire l'année suivante, en 1915, dans « Pulsions et destins des pulsions ».

l'autre et aussi à effacer que le processus narcissique consiste précisément à effacer : tel est le constat de René Roussillon[1] qui examine la contribution de Winnicott à l'analyse du narcissisme et des formes du postulat d'auto-engendrement qu'il abrite.

Pour Winnicott, le narcissisme primaire ne peut pas se penser indépendamment de l'objet, autrement dit de l'autre sujet : un des apports fondamentaux de sa théorisation consiste en effet à souligner la part de l'objet dans la structuration du narcissisme primaire. En introduisant la fonction des soins maternels et de la présence de l'environnement dans la construction du narcissisme premier, Winnicott « dé-narcissise la théorie du narcissisme » et impose un double, un « miroir » de soi qui médiatise la construction de l'identité. Ce psychanalyste réintroduit donc la part historique de l'objet-miroir premier et reconstruit le lien archaïque entre l'objet et le sujet pour décrire la configuration narcissique actuelle du sujet. Autrement dit, Winnicott ne saurait être seulement un psychanalyste développementaliste, mais il procède à un repérage clinique après coup des traces de l'impact sur le sujet des réponses premières des objets.

Roussillon montre l'enjeu métapsychologique

1. René Roussillon, « Déconstruction du narcissisme primaire », *Année psychanalytique internationale*, n° 9, 2011.

considérable de cette dé-narcissisation de la conception psychanalytique du narcissisme primaire dans la théorie pulsionnelle. La théorie narcissique de la pulsion ne relève que la tendance à la décharge et l'objet n'est, dans cette perspective, considéré que comme le support de la décharge de la pulsion : en présence de l'objet, la pulsion peut donc être « éconduite », selon une expression de Freud, mais en son absence le sujet doit développer des autoérotismes palliatifs et est menacé de perte. Tel est l'enjeu narcissique de la pulsion, où le plaisir et la satisfaction dépendent de la décharge de la tension interne.

Mais l'introduction de la fonction de l'objet dans la construction du soi et l'insistance sur la réponse de l'objet aux mouvements libidinaux du sujet, selon une perspective winnicottienne, amènent l'idée que la pulsion est porteuse d'un message adressé à l'objet, message en attente d'une réponse de l'objet. René Roussillon propose ainsi d'accorder à la pulsion la dimension d'un sens, de la considérer comme porteuse d'une valeur de communication avec l'objet, désignée comme valeur messagère[1]. Tel est l'enjeu objectalisant de la vie pulsionnelle et cette valeur messagère en direction de l'objet se dialectisera avec celle plus classique de décharge et de traitement des tensions.

---

1. Bernard Golse, René Roussillon, *La Naissance de l'objet*, Paris, PUF, 2010.

Toujours dans la perspective winnicottienne, les réponses que l'objet primaire apportera à la destructivité du sujet permettront un processus d'objectalisation ou un retrait dans une problématique narcissique. Si en effet l'objet exerce des représailles, des rétorsions ou un retrait en réponse aux mouvements pulsionnels de l'enfant, la destruction du lien aura lieu et le narcissisme de l'enfant restera enfermé dans le solipsisme. À l'inverse, si l'objet survit aux mouvements de destructivité, s'il se montre atteint par ceux-ci sans se retirer de la relation, le lien sera maintenu avec l'objet : une topique psychique commencera à s'organiser, avec une différenciation entre l'objet interne détruit par le fantasme et l'objet externe survivant à la destructivité du sujet. On sort donc du solipsisme narcissique primaire, de l'illusion narcissique première grâce à la réponse de l'objet, qui joue de sa fonction miroir et permet son utilisation, à la source de la reconnaissance de l'altérité de l'objet.

La théorie du narcissisme primaire paraît donc actuellement remise en question par les apports non seulement de psychanalystes dans la lignée winnicottienne, mais aussi par les recherches des développementalistes. En effet, les écrits sur l'attachement, ainsi que les recherches expérimentales des dernières années sur la vie cognitive des bébés, ont conduit à une nécessaire révision de ce concept freudien de narcissisme primaire : les recherches récentes sur le bébé montrent qu'il différencie très tôt ce qui vient de lui et du monde extérieur et qu'il reconnaît très tôt, dès les premiers jours, le visage de sa mère. Des débats se sont instaurés à l'heure actuelle entre certains psychanalystes qui restent fidèles à l'idée freudienne d'une indifférenciation première entre le bébé et son environnement, et d'autres qui, à l'appui des travaux des psychologues développementalistes, avancent qu'un premier stade anobjectal est une fiction contraire à la réalité et que le narcissisme primaire se caractérise par la lente mise en place d'une différenciation entre soi et non-soi.

Dans la dernière partie de son texte, Freud envisage les conséquences topiques de l'introduction du narcissisme, préfigurant ainsi la troisième théorie des pulsions, celle de *Au-delà du principe de plaisir*.

Idéal du moi

À l'encontre de la théorie de la « protestation virile », défendue par Alfred Adler, qui fonde la genèse de la névrose « sur la base étroite du complexe de castration », Freud défend la primauté du narcissisme dans la genèse de la névrose et avance que la formation d'idéal, substitut du narcissisme perdu de l'enfance, serait la condition du refoulement. C'est en effet « l'auto-estime du moi » qui provoquera le refoulement. L'amour de soi dont jouissait dans l'enfance le moi réel s'adresse désormais au moi idéal *(Idealich)*. L'homme cherche à regagner la perfection narcissique de son enfance sous la forme de l'idéal du moi *(Ichideal)*.

Freud développe alors trois questions centrales liées à l'existence de l'idéal du moi. La première concerne la présence d'une instance auto-observatrice de censure au sein du moi, qui correspond à l'intériorisation de la critique exercée par les parents à l'égard de l'enfant ; elle apparaît dans cet essai distincte de l'idéal du moi et annonce des fonctions qui seront ultérieurement attribuées au surmoi, à partir de 1923[1]. Par ailleurs, dans *Psychologie des foules et analyse du moi*, en 1921, cette notion d'idéal du moi suscitera des développements importants dans le champ social, où ce sera précisément la constitution d'un idéal du moi collectif qui formera le soubassement des institutions, comme l'Église et l'Armée[2].

Idéalisation et sublimation

Le second développement renvoie à une distinction majeure dans l'œuvre freudienne : la

1. Sigmund Freud, *Le Moi et le Ça* (1923), Paris, Payot, coll. « Petite Bibliothèque Payot », 2010.

2. Sigmund Freud, *Psychologie des foules et analyse du moi* (1921), Paris, Payot, coll. « Petite Bibliothèque Payot », 2012.

différence entre les notions d'idéalisation et de sublimation. Freud insiste sur le fait qu'il ne faut pas confondre ces deux notions, même si l'idéalisation peut amorcer un processus de sublimation. Alors que l'idéalisation est une déformation de l'objet, qui est magnifié mais ne change pas de nature, la sublimation est un changement de but pulsionnel et concerne la libido d'objet, avec un éloignement de la satisfaction pulsionnelle. Tandis que la formation d'idéal augmente les exigences du moi et contribue de ce fait au refoulement, la sublimation représente l'issue permettant de satisfaire les exigences du moi, en contournant le refoulement. Ultérieurement, l'extension de cette théorie du narcissisme dans *Le Moi et le Ça* aura des implications majeures sur la conceptualisation de la sublimation : Freud la définira, dans le prolongement de la notion de narcissisme de son texte de 1914, comme un processus qui s'effectue par l'intermédiaire du moi, grâce à la transformation de la libido sexuelle, dirigée vers le moi, en une libido narcissique[1]. Il introduira ainsi la notion de désexualisation dans le processus sublimatoire en 1923, dans *Le Moi et le Ça*, désexualisation

1. La sublimation se produit « par l'intermédiaire du moi, qui commence par transformer la libido d'objet sexuelle en libido narcissique, pour lui assigner éventuellement ensuite un nouveau but » (Sigmund Freud, *Le Moi et le Ça*, *op. cit.*, p. 73).

qui apparaît reliée au fait que l'objet de la libido est le moi.

Sentiment d'estime de soi et vie amoureuse

La troisième thématique corrélée à la formation de l'idéal est le sentiment d'estime de soi, qui dépend étroitement de la libido narcissique et se trouve à la source de l'impression de satisfaction ; il suppose que l'instance critique approuve le moi qu'elle observe ou soit réconciliée avec lui. Dans le choix d'objet narcissique, l'objectif et l'origine de la satisfaction seront d'être aimé.

Alors qu'aimer abaisse le sentiment d'estime de soi, être aimé en retour relève ce sentiment. Quand au contraire la libido est refoulée, l'investissement d'amour est ressenti comme un amoindrissement du moi, la satisfaction amoureuse est impossible, la libido d'objet revient alors au moi et se transforme en narcissisme. Inversement, un amour réel heureux renvoie à l'état originaire d'indistinction entre la libido d'objet et la libido du moi. Freud note le caractère narcissique de la passion amoureuse qui consiste en un débordement de la libido du moi sur l'objet. Et il ouvre à la fin de son texte sur l'idée de l'importance de l'idéal du moi dans la compréhension de la psychologie collective qu'il développera ultérieurement.

L'année suivante, en 1915, Freud reprend la question du narcissisme dans son *Introduction à la psychanalyse*, au chapitre intitulé « La théorie de la libido et le narcissisme ». Le fondateur de la psychanalyse reformule les thèses de son texte de 1914, mais il en relève de façon nouvelle les implications thérapeutiques : dans les névroses narcissiques, qui englobent alors les psychoses pour Freud, à la différence des névroses de transfert, la résistance est insurmontable. La libido tente de faire retour vers ses objets, mais elle n'atteint que des ombres, les représentations de mot. Freud souligne la nécessité de remplacer les méthodes techniques habituelles de la psychanalyse par d'autres, et il avance qu'il ne sait pas encore si la psychanalyse réussira à opérer ce remplacement. C'est donc l'ampleur du narcissisme qui constitue une limite au succès thérapeutique. Dans ce texte, Freud revient aussi sur le concept de narcissisme secondaire, qu'il définit comme le retrait des investissements objectaux et le retour du narcissisme originel : le narcissisme secondaire correspond au retournement sur le moi de la libido retirée aux objets.

Deux ans plus tard, en 1917, dans « Une difficulté de la psychanalyse », il enrichit sa théorie du narcissisme par une extension de sa conceptualisation au narcissisme universel. L'amour-propre de l'humanité a subi trois blessures majeures du fait des avancées de la science et de la destruction des illusions narcissiques principalement par Copernic, Darwin et Freud lui-même : la Terre n'est pas le centre de l'Univers, l'homme est issu de la série animale, et enfin le moi n'est pas maître dans sa propre maison.

Actualités du narcissisme : les pathologies narcissiques identitaires

Les nouvelles formes de la psychopathologie contemporaine s'inscrivent dans la lignée de la problématique du narcissisme décrite par Freud, qui a montré comment l'ampleur du narcissisme constituait précisément un obstacle à la dimension thérapeutique de la psychanalyse et annoncé une modification des méthodes habituelles pour traiter ces pathologies du narcissisme. Il n'est pas question ici de présenter l'ensemble des travaux des psychanalystes contemporains sur cette question. Citons néanmoins André Green qui, dans *Narcissisme de vie, narcissisme de mort* [1], défend une conception duelle du narcissisme, en opposant un narcissisme de vie, rattaché à l'Éros, aspirant à l'unité du moi au détriment de l'objet, à un narcissisme de mort, ou narcissisme négatif,

1. André Green, *Narcissisme de vie, narcissisme de mort*, Paris, Minuit, 1983.

comme manifestation de la pulsion de destruction, visant à la disparition du moi lui-même.

Dans la continuité des travaux de Green, René Roussillon[1] propose un modèle unitaire du processus à l'œuvre dans les différentes pathologies du narcissisme, complémentaire de celui de Freud pour les souffrances névrotiques. Au sein de formes cliniques différentes, tels les états limites, la psychose, les cliniques psychosomatiques, il élabore une modélisation pour rendre compte de ce qu'il nomme les souffrances narcissiques identitaires, qui concernent principalement la question du lien moi/non-moi et de la différence moi/non-moi, autrement dit la question de l'identité : elles mettent en difficulté justement la fonction subjectivante du moi, c'est-à-dire le processus d'appropriation subjective. Rousillon fait ainsi l'hypothèse d'une organisation défensive contre les effets d'un traumatisme primaire clivé qui menace l'organisation de la psyché. À la différence de cliniques soumises au travail du refoulement, dans lesquelles le narcissisme apparaît suffisamment bon, les souffrances narcissiques identitaires ne relèvent pas du refoulement – car certains pans de la vie psychique ne sont pas représentés ni intégrés dans la trame de la subjectivité –, mais du registre du clivage.

---

1. René Roussillon, *Agonie, clivage, symbolisation*, Paris, PUF, 1995.

Comme le souligne Winnicott à propos des agonies primitives[1], le sujet se retire de l'expérience traumatique primaire et se coupe ainsi d'une partie de sa subjectivité : il lui faut paradoxalement se couper de cette expérience qu'il n'a pas encore vécue pour pouvoir survivre. Mais le clivé tend à faire retour et le sujet organisera des défenses contre le retour de cet état traumatique antérieur, « non encore advenu », selon une expression de Winnicott. L'appareil psychique va donc tenter de neutraliser le retour du clivé en restreignant les investissements d'objet risquant de réactiver la zone traumatique primaire : il se replie ainsi sur le pôle narcissique de la libido. Ces pathologies du narcissisme nécessitent des aménagements de la technique analytique classique, voire la construction de nouveaux dispositifs psychanalytiques, qui ne relèvent pas de la cure type.

Du mythe aux formes contemporaines des pathologies du narcissisme

Revenons au mythe pour éclairer une des problématiques centrales des pathologies

1. Voir Donald W. Winnicott, « La crainte de l'effondrement », in *La Crainte de l'effondrement, et autres situations cliniques*, Paris, Gallimard, 2000, p. 205-216.

narcissiques identitaires. Dans le récit d'Ovide, Narcisse est condamné à ne rencontrer que le fantôme de sa propre image et à ne pas pouvoir saisir un autre que lui-même, mythe qu'on pourrait interpréter comme la mise en scène d'un objet primaire insaisissable ou de l'absence d'un double de lui-même suffisamment autre, qui oblige Narcisse à replier ses investissements sur lui-même. Alors que la nymphe amoureuse de Narcisse, Écho, lui répète : « Unissons-nous », Narcisse la fuit avec ces mots : « Plutôt mourir que tu ne me touches », témoignant bien du danger de mort lié pour lui à une éventuelle rencontre primaire avec l'objet, sur le mode du toucher.

Le chagrin d'avoir été repoussée épuise le corps misérable d'Écho, la maigreur dessèche sa peau, il ne lui reste que la voix et les os, ses os ont pris la forme d'un rocher, elle disparaît mais tout le monde l'entend : un son, voilà tout ce qui survit en elle, écrit Ovide. Miroirs croisés de Narcisse et d'Écho, qui pourraient renvoyer à la non-rencontre avec l'altérité, avec le miroir premier du visage de la mère, dans lequel s'identifie l'enfant[1] : on dépérit de la déception première d'un appel repoussé, non entendu, ou mal reflété, telle serait une des implications possibles du mythe, mis en

1. Donald W. Winnicott, « Le rôle de miroir de la mère et de la famille dans le développement de l'enfant », in *Jeu et réalité. L'espace potentiel*, Paris, Gallimard, 1975.

scène par les formes nouvelles de la psychopathologie contemporaine.

Narcissisme et perversion

La problématique narcissique permet, enfin, de repenser la théorisation traditionnelle de la perversion, ainsi que l'ont montré un certain nombre de travaux contemporains[1]. En ce qui concerne les cliniques du fétichisme, paradigme de la perversion, la plupart des analystes post-freudiens ont souligné l'importance de dommages narcissiques précoces, à un niveau archaïque, dans le contexte des interactions précoces avec l'objet, favorisant le recours à une solution fétichique. Ces nouvelles cliniques du fétichisme renvoient en effet bien moins à une problématique sexuelle qu'aux avatars du narcissisme primaire : la solution fétichique concerne principalement l'identité primitive, au-delà des identifications sexuelles et du mode de choix d'objet.

Freud n'a jamais donné une suite directe à son texte fondateur sur le narcissisme en écrivant le fameux ouvrage consacré au narcissisme dont il avait le projet. Mais, paradoxalement, son texte de 1914 sera le point de départ de la

---

1. Ces travaux sont recensés dans Nicole Jeammet, François Neau, René Roussillon, *Narcissisme et perversion*, *op. cit.*

majeure partie des développements actuels de la psychanalyse par les successeurs de son fondateur, qui ne cessent de contribuer au prolongement et au renouvellement des intuitions freudiennes, dans le contexte des nouvelles formes de la psychopathologie contemporaine rassemblées sous le terme générique des souffrances identitaires narcissiques.

Anne Brun[1]

1. Psychologue clinicienne, professeur de psychopathologie et psychologie clinique à l'université Lumière-Lyon 2.

Pour introduire le narcissisme[1] (1914)

1. Ce texte, dont le titre original est « Zur Einführung des Narzissmus », a paru en 1914 dans le n° 6 du *Jahrbuch der Psychoanalyse*.

I

Le terme de « narcissisme » est emprunté à la description clinique. Paul Näcke l'a utilisé en 1899 pour désigner le comportement par lequel un individu traite son propre corps d'une manière analogue à celle que l'on réserve d'habitude au corps d'un objet sexuel : c'est-à-dire la manière dont on le contemple, le caresse, le cajole en éprouvant un bien-être sexuel, jusqu'à parvenir, par ces méthodes, à une satisfaction complète. Sous cette forme, le narcissisme a la signification d'une perversion qui a capté toute la vie sexuelle de la personne ; il est donc aussi soumis aux attentes avec lesquelles nous abordons l'étude de toutes les perversions.

L'observation psychanalytique a été frappée par le fait que certains traits du comportement psychanalytique se retrouvent chez de nombreuses personnes souffrant d'autres troubles

– par exemple, selon Isidor Sadger[1], chez les homosexuels ; et pour finir, on suppose qu'un placement de la libido susceptible d'être qualifié de narcissisme est envisageable dans une bien plus large mesure et pourrait réclamer une place dans l'évolution sexuelle régulière de l'humain[2]. On en est venu à cette supputation par le biais des difficultés rencontrées par le travail psychanalytique sur les névrosés ; il semblait en effet qu'un comportement narcissique de ce type constituait chez ces derniers l'une des limites de leur influençabilité. Le narcissisme, dans ce sens, ne serait pas une perversion, mais le complément libidinal à l'égoïsme de cette pulsion d'autoconservation dont on attribue, à juste titre, une part à chaque créature vivante.

Un motif pressant de se confronter à l'idée d'un narcissisme primaire et normal est apparu lorsqu'on a mené une tentative pour placer la compréhension de la *dementia praecox* (Kraepelin) ou schizophrénie (Bleuler) sous le postulat de la théorie de la libido. Deux traits de caractère fondamentaux apparaissent chez les malades que j'ai proposé de qualifier de para-

1. Isidor Isaak Sadger, « Ein Fall von multipler Perversion mit hysterischen Absenzen », *Jahrbuch für psychoanalytische und psychopathologische Forschungen*, vol. II, 1910. *(N.d.É.)*

2. Otto Rank, « Ein Beitrag zum Narzissmus », *Jahrbuch für psychoanalytische und psychopathologische Forschungen*, vol. III, 1911.

phréniques : la mégalomanie et le fait de se désintéresser du monde extérieur (personnes et choses). Compte tenu de cette dernière transformation, ils échappent à l'influence de la psychanalyse et nos efforts ne peuvent les guérir. Mais le désintérêt que manifeste le paraphrénique à l'égard du monde extérieur appelle une caractérisation plus précise. L'hystérique et le névrosé obsessionnel a lui aussi, dans toute la dimension de sa maladie, abandonné le lien avec la réalité. Mais l'analyse montre qu'il n'a en aucun cas aboli la relation érotique avec les personnes et les choses. Il la maintient encore dans le fantasme – c'est-à-dire qu'il a, d'une part, remplacé les objets réels par des objets imaginaires issus de son souvenir, ou qu'il les a agrégés, et que d'autre part il a renoncé à déclencher les actes mécaniques qui lui permettraient d'atteindre ses objectifs sur ses objets. C'est pour cet état de la libido, et pour lui seul, que l'on devrait employer l'expression dont Jung fait un usage indistinct : introversion de la libido. Il en va autrement pour le paraphrénique. Celui-ci donne vraiment l'impression d'avoir retiré sa libido des personnes et des choses du monde extérieur, sans les remplacer par d'autres dans ses fantasmes. Lorsque cela se produit, il semble que ce soit secondaire et que cela relève d'une tentative de guérison qui veut ramener la libido à l'objet[1].

1. Sur ces questions, voir le débat sur la « fin du

Dès lors, une question se pose : quel est le destin de la libido retirée aux objets dans le cas de la schizophrénie ? La mégalomanie qui accompagne ces états nous indique ici la voie. Elle s'est sans doute constituée aux dépens de la libido d'objet. Cette libido retirée au monde extérieur a été acheminée vers le moi, engendrant un comportement auquel nous pouvons donner le nom de narcissisme.

La mégalomanie, pour sa part, n'est pas une création *ex nihilo* mais, nous le savons, l'agrandissement et la clarification d'un état qui avait déjà existé auparavant. Nous sommes ainsi conduits à considérer le narcissisme qui naît par intégration des investissements d'objet comme un narcissisme secondaire s'édifiant au-dessus d'un narcissisme primaire assombri par de multiples influences.

Je souligne encore une fois que je ne veux pas apporter ici une élucidation ou un approfondissement du problème de la schizophrénie, mais que je me contente de regrouper ce qui a déjà été dit ailleurs afin de justifier une introduction du narcissisme.

Un troisième affluent contribuant à ce prolongement selon moi légitime de la théorie de

---

monde » dans l'analyse du président Schreber (Sigmund Freud, *Le Président Schreber*, Paris, Payot, coll. « Petite Bibliothèque Payot », 2011). Voir également Karl Abraham, « Les différences psychosexuelles entre l'hystérie et la démence précoce » (1908), *infra*, p. 133-156.

la libido résulte de nos observations et de nos conceptions de la vie psychique des enfants et des peuples primitifs. Nous trouvons chez ceux-ci des traits qui, s'ils étaient isolés, pourraient être attribués à la mégalomanie : une surestimation du pouvoir de leurs désirs et de leurs actes psychiques, la « toute-puissance des pensées », une foi dans la force magique des mots, une technique contre le monde extérieur, la « magie », qui apparaît comme l'utilisation conséquente de présupposés mégalomanes[1]. Nous attendons une attitude tout à fait analogue à l'égard du monde extérieur chez l'enfant de notre temps, dont l'évolution est pour nous bien plus impénétrable[2]. Nous formons ainsi la conception d'un investissement originel du moi en libido dont une partie est ultérieurement transmise aux objets mais qui, sur le fond, demeure, et qui est aux investissements d'objets ce que le corps d'un protoplasme est aux pseudopodes qu'il émet. Cet élément du placement de la libido ne pouvait dans un premier temps que rester dissimulé à notre recherche fondée sur les symptômes névrotiques. Les émanations de cette libido, les investissements d'objets qui

1. Voir les chapitres correspondants dans mon livre *Totem et tabou*, 1913 [Paris, Payot, coll. « Petite Bibliothèque Payot », 2001].

2. Sándor Ferenczi, « Le développement du sens de réalité et ses stades » (1915), in *L'Enfant dans l'adulte*, Paris, Payot, coll. « Petite Bibliothèque Payot », 2006.

peuvent être émis et retirés, ont été les seuls à attirer notre attention. Nous voyons aussi, en gros, une opposition entre la libido du moi et la libido d'objet. Plus l'une consomme, plus l'autre s'appauvrit. Nous apparaît comme la phase d'évolution suprême, celle à laquelle conduit la précédente, l'état de la personne tombée amoureuse, état qui se présente à nous comme un abandon de notre propre personnalité au profit de l'investissement d'objet et trouve son opposé dans le fantasme (ou dans la perception de soi) que les paranoïaques développent autour de la fin du monde[1]. Enfin, pour ce qui concerne la distinction entre les énergies psychiques, nous concluons que dans un premier temps, dans l'état du narcissisme, elles sont assemblées, inaccessibles à toute distinction pour notre analyse grossière ; seul l'investissement d'objet permet de distinguer une énergie sexuelle – la libido – d'une énergie des pulsions du moi.

Avant d'aller plus loin je dois évoquer deux questions qui mènent au cœur des difficultés du sujet. Premièrement : comment se comporte le narcissisme dont nous traitons à présent, à l'égard de l'autoérotisme que nous avons décrit comme un état précoce de la libido ? Deuxiè-

1. Il existe deux mécanismes de cette fin du monde : lorsque tout l'investissement en libido s'écoule vers l'objet bien-aimé, et lorsque tout l'investissement reflue vers le moi.

mement : si nous reconnaissons au moi un investissement primaire en libido, pourquoi est-il seulement encore nécessaire de distinguer une libido sexuelle d'une énergie non sexuelle des pulsions du moi ? Partir de l'idée d'une énergie psychique homogène n'abolirait-il pas toutes les difficultés de la distinction entre énergie de la pulsion du moi et libido du moi, libido du moi et libido d'objet ? Je note à propos de la première question : on est forcé de supposer qu'une entité comparable au moi n'est pas présente d'emblée dans l'individu. Le moi doit être développé. Or les pulsions autoérotiques sont originelles ; quelque chose doit donc s'ajouter à l'autoérotisme – une nouvelle action psychique – pour donner forme au narcissisme.

L'exhortation à répondre sans hésitation à la deuxième question ne peut inspirer qu'un malaise perceptible à n'importe quel psychanalyste. On se défend contre le sentiment de quitter l'observation au profit de querelles théoriques stériles, mais on ne peut pas se dérober à une tentative de clarification. Des représentations comme celles d'une libido du moi, d'une énergie pulsionnelle du moi, etc., ne sont certes ni compréhensibles avec une clarté particulière, ni suffisamment chargées de contenus ; une théorie spéculative des relations en question voudrait avant tout se donner pour base un concept défini avec précision. Seulement je pense qu'il s'agit précisément de la différence entre une théorie spéculative et une science fondée sur l'interprétation de l'empirie. Cette dernière ne déniera pas à la spéculation l'avantage d'un fondement sans aspérités et intangible du point de vue logique, mais se contentera volontiers de pensées fondamentales estompées et nébuleuses, à peine représentables, qu'elle espérera saisir plus clairement au cours de son évolution, et qu'elle sera éventuellement disposée à échanger contre d'autres. Ces idées ne sont pas en effet le fondement de la science sur lequel tout repose. Ce rôle revient au contraire à l'observation et à elle seule. Elles ne sont pas le point le plus bas, mais le plus haut de tout le bâtiment, et peuvent être remplacées ou évacuées sans dommages. Nous vivons le même phénomène de nos jours avec la physique, dont les considérations fondamentales sur la matière, les centres de force, l'attraction et ce genre de choses soulèvent à peine moins de questions que leurs pendants en psychanalyse.

La valeur des concepts de libido du moi et de libido d'objet tient au fait qu'ils découlent du traitement des caractères intimes de processus névrotiques et psychotiques. La division de la libido entre une libido propre au moi et une libido attachée aux objets est un prolongement inéluctable d'une première supposition qui a séparé pulsions sexuelles et pulsions du moi. C'est en tout cas ce à quoi m'a forcé l'analyse des pures névroses de transfert (hystérie et névrose de contrainte), et je sais seulement que toutes les tentatives de rendre compte de ces phénomènes par d'autres moyens ont radicalement échoué.

Compte tenu du manque d'une théorie des pulsions qui puisse nous donner, par quelque biais que ce soit, des points de repère, il est permis, voire impératif, de mettre en premier lieu à l'épreuve une quelconque hypothèse en la déployant de manière cohérente jusqu'à ce que cette supposition se révèle erronée ou se confirme. Outre son utilité pour l'analyse des névroses de transfert, maints éléments plaident en faveur de l'hypothèse d'une dissociation originelle des pulsions sexuelles et des autres, les pulsions du moi. J'admets que cet élément, à lui seul, ne serait pas dénué d'ambiguïté, car il pourrait s'agir d'une énergie psychique indifférente que seul l'acte de l'investissement d'objet transformerait en libido. Mais cette scission conceptuelle correspond en premier lieu à la séparation si couramment pratiquée dans le langage populaire entre la faim et l'amour. Deuxièmement, des considérations *biologiques* viennent l'étayer. L'individu mène bel et bien une double existence, en tant qu'il est sa propre fin et en tant que maillon d'une chaîne au service de laquelle il se trouve contre sa volonté, ou du moins en l'absence de celle-ci. Lui-même considère la sexualité comme l'une de ses intentions, alors qu'une autre observation montre qu'il s'agit simplement d'un appendice de son germoplasme à la disposition duquel il met ses forces en échange d'une prime de plaisir, il est porteur mortel d'une substance – peut-être – immortelle, comme un héritier qui n'est jamais que le propriétaire temporaire d'une institution qui lui survivra. La dissociation des pulsions sexuelles et des pulsions du moi ne ferait que refléter cette double fonction de l'individu. En troisième lieu, il faut se rappeler que toutes nos idées psychologiques provisoires doivent être un jour reposées sur le terrain des vecteurs organiques. Il devient alors vraisemblable que ce soient des substances et des processus chimiques particuliers qui produisent les effets de la sexualité et assurent le prolongement de la vie individuelle dans celle de l'espèce. Nous tenons compte de cette probabilité en substituant aux substances chimiques particulières des énergies psychiques particulières.

C'est précisément parce que je m'efforce d'ordinaire de maintenir loin de la psychologie tout ce qui ne relève pas d'elle, y compris la pensée biologique, que je veux reconnaître ici en termes explicites le fait que l'hypothèse de pulsions dissociées du moi et de la sexualité, c'est-à-dire la théorie de la libido, est pour l'essentiel fondée sur la biologie et que le terrain psychologique est celui sur lequel elle s'appuie le moins. J'aurais donc aussi suffisamment de cohérence pour abandonner cette hypothèse si une autre, mieux exploitable, concernant les pulsions, se présentait à partir du travail psychanalytique proprement dit. Tel n'a pas été le cas jusqu'ici. Il est possible que l'énergie sexuelle, la libido – dans son fond le plus profond et son plus grand éloignement –, ne soit qu'un produit de différenciation de l'énergie agissant d'ordinaire dans la psyché. Mais pareille affirmation n'a pas de consistance. Elle se rapporte à des choses qui sont déjà tellement éloignées des problèmes de notre observation et ont tellement peu de contenu cognitif qu'il est tout aussi oiseux de les contester que de les exploiter. Il est possible que cette identité originelle ait tout aussi peu de rapports avec nos intérêts analytiques que la parenté originelle de toutes les races humaines en ont avec la preuve, réclamée par les autorités successorales, de notre parenté avec le testataire. Nous n'arrivons à rien avec toutes ces spéculations. Dès lors que nous ne pouvons attendre que les arbitrages de la théorie des pulsions nous soient offerts par une autre science, il est beaucoup plus efficace de tenter de voir quelle lumière une synthèse des phénomènes psychologiques peut porter sur ces énigmes biologiques fondamentales. Accoutumons-nous à la possibilité de l'erreur, mais ne nous laissons pas dissuader de prolonger de manière cohérente la première supposition choisie, celle d'une opposition entre les pulsions du moi et les pulsions sexuelles. Elle s'est imposée à nous par l'analyse des névroses de transfert et afin de vérifier si l'on peut la développer sans contradiction et de manière profitable, et si l'on peut aussi l'appliquer à d'autres affections, par exemple la schizophrénie.

Il en irait bien sûr autrement si l'on apportait la preuve que la théorie de la libido a déjà échoué à expliquer la maladie que nous venons de citer. Carl Gustav Jung a formulé cette affirmation[1], me forçant ainsi à tenir ces derniers propos, dont je me serais bien passé. J'aurais préféré emprunter jusqu'à son terme le chemin suivi dans l'analyse du cas Schreber, en ne mentionnant pas les hypothèses qu'il impliquait. Mais l'affirmation de Jung est au moins prématurée. Ses justifications sont minces. Il se réfère dans un premier temps à mon propre témoignage, selon lequel je me serais vu moi-même contraint, compte tenu des difficultés du cas Schreber, d'élargir le concept de libido, c'est-à-dire d'abandonner son contenu sexuel et de faire coïncider la libido et l'intérêt psychique en général. Les arguments qui permettent de corriger cette interprétation erronée, Ferenczi les a présentés dans une critique méticuleuse du travail de Jung[2]. Je ne peux que me joindre au critique

1. Carl Gustav Jung, *Métamorphoses et symboles de la libido* (1912), Genève, Montaigne, 1927.

2. Sándor Ferenczi, « Critique de *Métamorphoses et symboles de la libido*, de Jung » (1913), in *Psychanalyse II, Œuvres complètes, 1913-1919*, Paris, Payot, 1970.

et répéter que je n'ai exprimé aucun renoncement de ce type à la théorie de la libido. Un autre argument de Jung, selon lequel on ne peut pas supposer que la perte de la fonction normale de réalité puisse être provoquée par le seul retrait de la libido ne constitue pas un argument, mais un décret. *It begs the question*, cela anticipe la décision et permet d'éviter la discussion, car on allait justement étudier si et comment la chose est possible. Dans son grand texte suivant[1], Jung est passé juste à côté de la solution que j'avais esquissée voici très longtemps : « Il faut cependant tenir compte du fait auquel Freud se réfère d'ailleurs dans son travail sur le cas Schreber – que l'introversion de la *libido sexualis* aboutit à un investissement du "moi", ce qui produit peut-être cet effet de perte de la réalité. C'est effectivement une possibilité séduisante que d'expliquer de la sorte la psychologie de la perte de la réalité. » Seulement Jung ne va pas beaucoup plus loin sur la voie de cette possibilité. Quelques pages plus loin, il l'écarte en faisant remarquer que cette condition « pourrait produire la psychologie d'un anachorète ascétique, mais pas une *dementia praecox* ». On pourra se rendre compte à quel point cette comparaison inappropriée est incapable de permettre de trancher, au fait qu'un anachorète de ce type, qui « s'efforce

1. Carl Gustav Jung, *La Théorie psychanalitique* (1913), Genève, Montaigne, 1932.

d'éliminer toute trace d'intérêt sexuel » (mais uniquement dans le sens populaire du mot « sexuel »), n'a pas même besoin de présenter un placement pathogène de la libido. Il peut avoir totalement détourné son intérêt sexuel des personnes humaines, et l'avoir pourtant sublimé en un intérêt accru pour le divin, le naturel, l'animal, sans s'être laissé entraîné à une introversion de sa libido vers ses fantasmes, ou à un retour de celle-ci vers son moi. Il semble que cette comparaison omette de prime abord la distinction entre l'intérêt provenant des sources érotiques et un intérêt ayant une autre origine. Rappelons-nous par ailleurs que les études de l'École suisse, en dépit de tous leurs mérites, n'ont apporté que deux éléments au tableau de la *dementia praecox*, à propos de l'existence des complexes que nous rencontrons chez les personnes saines comme chez les névrosés, et à propos de la similitude entre les formations de fantasmes et les mythes populaires, mais n'ont pu porter de lumière sur le mécanisme de l'affection pathologique, nous pourrons donc rejeter l'affirmation de Jung selon laquelle la théorie de la libido a échoué à maîtriser la *dementia praecox*, et qu'elle est donc aussi hors jeu pour les autres névroses.

II

Une étude directe du narcissisme me semble se heurter à des difficultés particulières. L'accès principal en restera sans doute l'analyse des paraphrénies. De la même manière que les névroses de transfert nous ont permis de suivre les motions de pulsion libidinale, la *dementia praecox* et la paranoïa nous permettront de comprendre la psychologie du moi. Là encore, nous devrons deviner l'apparente simplicité normale à partir des déformations et des formes grossières du pathologique. Il nous reste tout de même quelques autres chemins pour nous approcher de la connaissance du narcissisme, et je veux ici les décrire dans l'ordre : l'observation de la maladie organique, de l'hypocondrie et de la vie amoureuse des deux sexes.

Pour tenir compte de l'influence de la maladie organique sur la division de la libido, je suis une impulsion qui m'a été transmise de vive voix par Sándor Ferenczi. Tout le monde sait, et il nous semble aller de soi, que l'homme affligé d'une douleur organique et de sensations désagréables cesse de s'intéresser aux choses du monde extérieur pour autant qu'elles ne concernent pas sa souffrance. Une observation plus précise enseigne que lui aussi retire l'intérêt libidinal de ses objets amoureux, qu'il cesse d'aimer tant qu'il souffre. La banalité de cette réalité ne doit pas nous dissuader de lui donner une traduction dans le mode d'expression de la théorie de la libido. Nous dirions alors : le malade retire ses investissements en libido sur son moi pour les réémettre après la guérison. « Son âme loge toute seule dans la caverne étroite de la molaire », dit Wilhelm Busch à propos du poète affligé d'une rage de dent. Libido et intérêt pour le moi connaissent ici le même destin et ne peuvent, une fois de plus, être distingués l'un de l'autre. L'égoïsme bien connu des malades couvre les deux. Si nous le trouvons tellement naturel, c'est parce que nous sommes certains de nous comporter de la même manière dans un cas identique. Le fait qu'une disposition à l'amour, aussi intense soit-elle, soit dissipée par des troubles physiques, ainsi que le remplacement soudain de cette propension par une totale indifférence, trouvent leur exploitation dans l'art comique.

Tout comme la maladie, l'état de sommeil signifie aussi un retrait narcissique des positions amoureuses sur sa propre personne, ou plus précisément sur un souhait unique, celui de dormir. L'égoïsme des rêves s'intègre bien à ce contexte. Nous voyons dans les deux cas, même si nous ne voyons rien d'autre, des exemples de modifications de la répartition de la libido à la suite d'une transformation du moi.

L'hypocondrie s'exprime, comme la maladie organique, dans des sensations physiques gênantes et douloureuses, et converge avec elle dans l'effet produit sur la répartition de la libido. L'hypocondriaque retire intérêt et libido – et celle-ci, d'une manière particulièrement distincte – des objets du monde extérieur et concentre l'un comme l'autre sur l'organe qui le préoccupe. Une différence entre l'hypocondrie et la maladie organique apparaît ainsi : dans ce dernier cas, les sensations gênantes sont justifiées par des transformations démontrables, dans le premier cas elles ne le sont pas. Mais cela s'adapterait fort bien au cadre de notre conception générale des processus névrotiques que de nous décider à dire : l'hypocondrie a forcément raison, les transformations organiques ne peuvent pas être absentes non plus dans son cas. En quoi consisteraient-elles donc ?

Nous voulons ici nous fier à l'expérience : les sensations physiques de nature désagréable, comparables aux sensations hypocondriaques, ne manquent pas non plus dans les autres névroses. J'ai déjà exprimé dans le passé ma tendance à ajouter l'hypocondrie, comme troisième névrose actuelle, à la neurasthénie et à la névrose d'angoisse. On ne va vraisemblablement pas trop loin en la présentant comme si un petit morceau d'hypocondrie se formait régulièrement dans le cas des autres névroses. On le voit sans doute de la plus belle manière dans la névrose d'angoisse et l'hystérie qui s'édifie au-dessus d'elle. Or le modèle que nous connaissons de l'organe douloureusement sensible, transformé d'une quelconque manière et pourtant pas malade au sens ordinaire du terme, est l'organe génital dans ses états d'excitation. Il est alors congestionné, turgescent, lubrifié, et devient le siège de multiples sensations. Si nous appelons « érogénéité » l'activité consistant, pour un emplacement du corps, à envoyer dans la vie psychique des stimulations sexuellement excitantes et si nous songeons au fait que les considérations de la théorie sexuelle nous ont depuis très longtemps habitués à l'idée que certains autres emplacements du corps – les zones érogènes – pourraient se substituer aux organes génitaux et se comporter de manière analogue, nous n'avons qu'un seul pas supplémentaire à risquer ici. Nous pouvons nous décider à considérer l'érogénéité comme une qualité générale de tous les organes, et nous pouvons alors parler de son augmentation ou de sa diminution en une partie déterminée du corps. Chaque transformation de ce type de l'érogénéité dans les organes pourrait avoir pour pendant une transformation de l'investissement de libido dans le moi. C'est dans ce type d'éléments que nous devrions chercher ce sur quoi nous fondons l'hypocondrie et ce qui peut avoir sur la répartition de la libido un effet analogue à celui de l'affection matérielle des organes par une pathologie.

Nous constatons que si nous poursuivons

cette réflexion, nous nous heurtons au problème non seulement de l'hypocondrie, mais aussi des autres névroses actuelles, de la neurasthénie et de la névrose d'angoisse. Arrêtons-nous donc ici un instant. Il n'est pas dans l'intention d'une étude purement psychologique de franchir la frontière pour aller aussi loin dans le domaine de la recherche physiologique. Mentionnons seulement que l'on peut supposer, à partir de ce point, que l'hypocondrie entretient avec la paraphrénie un rapport analogue à celui qui relie les autres névroses actuelles à l'hystérie et à la névrose de contrainte, qu'elle dépend donc de la libido du moi comme les autres de la libido d'objet, et que l'angoisse hypocondriaque, partant de la libido du moi, est le pendant de l'angoisse névrotique. Par ailleurs : si l'idée nous est déjà familière d'associer à une accumulation de la libido d'objet le mécanisme de la pathologie et la formation du symptôme dans les névroses de transfert, et de lier le progrès qui mène de l'introversion à la régression de l'accumulation de la libido d'objet[1], nous pouvons aussi nous rapprocher de l'idée d'une accumulation de la libido du moi et la mettre en relation avec les phénomènes de l'hypocondrie et de la paraphrénie.

Poussés par notre soif de savoir, nous

1. Voir Sigmund Freud, « Des types d'entrée dans la maladie névrotique », 1913.

demanderons naturellement ici pourquoi une telle accumulation de libido dans le moi doit forcément être ressentie comme une source de déplaisir. Je voudrais me contenter ici de la réponse selon laquelle le déplaisir est en général l'expression d'une tension supérieure, qu'il s'agit donc d'une quantité de l'action matérielle qui se transpose, ici comme ailleurs, dans la qualité psychique du déplaisir ; pour le développement du déplaisir, la dimension absolue de ce processus matériel n'est peut-être pas décisive, l'essentiel est peut-être une fonction donnée de cette dimension absolue. De là, on peut oser s'approcher soi-même de la question de l'origine, se demander d'où vient cette nécessité qu'a la vie psychique d'aller au-delà des frontières du narcissisme et de placer la libido sur des objets. La réponse qui découle de notre réflexion serait que cette nécessité intervient lorsque l'investissement du moi en libido a franchi un certain seuil. Un égoïsme puissant protège de la maladie, mais pour finir on est obligé de commencer à aimer pour ne pas tomber malade et l'on ne peut que tomber malade lorsqu'à la suite d'une frustration on ne peut pas aimer.

En suivant par exemple le modèle qu'imagine Heinrich Heine pour la psychogenèse de la création du monde :

> « La maladie sans doute fut l'ultime cause
> De toute soif de création ;

En créant j'ai pu me guérir
En créant j'ai trouvé la santé. »

Nous avons avant tout reconnu dans notre appareil psychique un moyen que l'on charge de maîtriser des excitations qui seraient autrement ressenties comme gênantes ou auraient un effet pathogène. Le traitement psychique accomplit des prouesses extraordinaires pour la dérivation interne d'excitations qui ne sont pas capables de trouver une issue extérieure immédiate, ou pour lesquelles cette issue ne serait pas souhaitable à cet instant précis. Pour un tel traitement intérieur, il est cependant d'abord indifférent de savoir s'il se produit sur des objets réels ou imaginaires. La différence n'apparaît que plus tard, lorsque le tournant de la libido vers les objets irréels (introversion) a débouché sur une accumulation de libido. Un traitement intérieur analogue de la libido revenue dans le moi est permis, dans les paraphrénies, par la mégalomanie. Peut-être est-ce seulement après la défaillance de cette mégalomanie que l'accumulation de libido dans le moi devient pathogène et stimule le processus de guérison qui nous trompe sur la maladie.

Je tente ici de progresser de quelques pas dans le mécanisme de la paraphrénie, et je résume les conceptions qui me paraissent d'ores et déjà notables aujourd'hui. Je transpose la différence de ces affections et des névroses de transfert dans cette circonstance que la libido libérée par la frustration n'en reste pas à des objets présents dans le fantasme, mais se replie sur le moi. La mégalomanie correspond alors à la maîtrise psychique de cette quantité de libido, c'est-à-dire à l'introversion sur des formations fantasmatiques que l'on relève dans les névroses de transfert ; de la défaillance de cette prestation psychique découle l'hypocondrie de la paraphrénie, qui est homologue à l'angoisse des névroses de transfert. Nous savons que l'angoisse peut être remplacée par une autre élaboration psychique, c'est-à-dire par la conversion, la formation réactionnelle, la formation de protection (phobie). Cette position est occupée, dans les paraphrénies, par la tentative de restitution à laquelle nous devons les syndromes morbides remarquables. Comme la paraphrénie entraîne souvent – pour ne pas dire dans la plupart des cas – un détachement seulement partiel de la libido à l'égard des objets, on pourrait distinguer dans son tableau trois groupes de phénomènes : 1) Ceux de la normalité ou de la névrose conservées (phénomènes résiduels), 2) ceux du processus pathologique (de la dissociation de la libido et des objets, mais aussi la mégalomanie, l'hypocondrie, trouble affectif, toutes les régressions), 3) ceux de la restitution qui attache de nouveau la libido aux objets, à la manière d'une hystérie (*dementia praecox*, paraphrénie vraie) ou d'une névrose de contrainte (paranoïa). Cet investissement en libido, d'un nouveau genre, se produit depuis un autre niveau et dans d'autres conditions que l'investissement primaire. La différence entre les névroses de transfert créées dans ce cas et les formations correspondantes du Moi normal devrait pouvoir nous donner la vision la plus profonde qui soit dans la structure de notre appareil psychique.

Un troisième accès à l'étude du narcissisme nous est fourni par la vie amoureuse des humains, avec les diverses nuances qui distinguent, dans ce domaine, l'homme et la femme. De la même manière que la libido d'objet a d'abord dissimulé la libido du moi à notre regard d'observateur, nous avons aussi noté dans un premier temps, à propos du choix d'objet de l'enfant (et de l'adolescent), qu'il déduit ses objets sexuels de ses expériences de satisfaction. Les premières satisfactions sexuelles autoérotiques sont vécues dans un lien avec les fonctions vitales, celles qui assurent la conservation de soi. Les pulsions sexuelles s'étayent d'abord sur la satisfaction des pulsions du moi et ne prennent qu'ultérieurement leur autonomie à l'égard de ces dernières ; mais l'étayage en question apparaît encore dans le fait que les personnes qui ont un rapport avec la nourriture, les soins et la protection de l'enfant deviennent les premiers objets sexuels – il s'agit dans un premier temps de la mère ou de son substitut. À côté de ce type et de cette source de choix d'objet, que l'on peut appeler le type par étayage, la recherche analytique nous en a toutefois fait connaître un deuxième que nous n'étions pas préparés à trouver. Nous avons établi de manière particulièrement distincte, chez des personnes dont l'évolution de la libido a connu une perturbation, comme chez les pervers et les homosexuels, qu'ils ne choisissent pas leur objet ultérieur en s'inspirant du modèle de la mère, mais de celui que leur fournit leur propre personne. Ils se cherchent manifestement eux-mêmes comme objet amoureux et présentent un type de choix d'objet qu'il faut qualifier de *narcissique*. Dans cette observation réside le plus fort motif qui nous ait contraints à poser l'hypothèse du narcissisme.

Cela dit, nous n'avons pas conclu que les gens se dissocient en deux groupes strictement séparés selon qu'ils ont le type de choix d'objet fondé sur l'étayage ou le type narcissique, mais nous préférons au contraire postuler que les deux chemins vers le choix d'objet sont ouverts à tout homme, chacun pouvant être privilégié. Nous disons que l'humain a deux objets sexuels originels : lui-même et la femme qui s'occupe de lui, et nous postulons ce faisant le narcissisme primaire de tout être humain, sachant que ce trait peut éventuellement s'exprimer de manière dominante dans son choix d'objet.

La comparaison entre l'homme et la femme montre par ailleurs que dans leur rapport avec le type de choix d'objet, apparaissent des différences fondamentales, quoique bien entendu non régulières. Le plein amour d'objet fondé sur le type de l'étayage est en réalité caractéristique de l'homme. Il fait apparaître la frappante surestimation sexuelle qui découle sans doute du narcissisme originel de l'enfant et correspond ainsi à un transfert de celui-ci sur l'objet sexuel. Cette surestimation sexuelle permet cet état singulier, rappelant la contrainte névrotique, où l'on se trouve lorsqu'on est amoureux et qui est ainsi dû à un appauvrissement du moi en matière de libido, au profit de l'objet. L'évolution est différente dans le type de femme le plus fréquent, vraisemblablement le plus pur et le plus authentique. Dans son cas, avec l'évolution de la puberté, et la formation complète des organes sexuels féminins, jusqu'alors latents, on note une augmentation du narcissisme originel, qui est défavorable à la formation d'un amour d'objet en bonne et due forme, auquel se joindrait une surévaluation sexuelle. Dans le cas de l'évolution vers la beauté, notamment, s'établit une autosuffisance de la femme qui dédommage celle-ci de la restriction d'ordre social qu'elle a subie dans la liberté de son choix d'objet. Au sens strict, de telles femmes n'aiment qu'elles-mêmes, avec une intensité analogue à celle dont l'homme les aime. Leur besoin n'est donc pas d'aimer, mais d'être aimées, et l'homme qui les séduit est celui qui remplit cette condition. La signification de ce type de femmes pour la vie amoureuse des humains est très importante. Les femmes de ce genre exercent le plus grand attrait sur les hommes, non seulement pour des motifs esthétiques, parce qu'elles sont généralement les plus belles, mais aussi à cause de constellations psychologiques intéressantes. Il apparaît clairement en effet que le narcissisme d'une personne exerce un grand attrait sur ceux qui se sont livrés à la pleine mesure de leur propre narcissisme et se trouvent en phase de conquête de l'amour d'objet ; l'attrait de l'enfant repose en bonne partie sur son narcissisme, son autosuffisance et son inaccessibilité, tout comme l'attrait de certains animaux qui ne semblent pas se soucier de nous, comme les chats et les grands prédateurs ; mieux, même le grand criminel et l'humoriste forcent, dans la représentation poétique, notre intérêt par la cohésion narcissique avec laquelle ils savent éloigner d'eux tout ce qui rapetisse leur moi. Il semble que nous les jalousions pour avoir maintenu un état psychique bienheureux, une position inattaquable de la libido, que nous avons nous-mêmes abandonnée depuis. Le grand attrait de la femme narcissique a cependant son revers ; une bonne partie de l'insatisfaction de l'homme amoureux, du doute sur l'amour de la femme, de la plainte sur les énigmes que soulève sa nature, a sa racine dans cette incongruité du type de choix d'objet.

Il n'est peut-être pas nécessaire d'assurer qu'en me livrant à cette description de la vie amoureuse féminine, je n'ai aucune intention de rabaisser la femme. Sans même parler du fait que les intentions, d'une manière générale, ne sont pas dans ma nature, je sais aussi que ces formations correspondent aux différents courants de différenciation des fonctions, avec des relations biologiques extrêmement complexes ; je suis par ailleurs disposé à reconnaître qu'il existe un nombre indéterminé de femmes qui aiment en se conformant au type masculin et déploient aussi la surévaluation sexuelle qui le caractérise.

Pour les femmes restées narcissiques et froides à l'égard de l'homme, il existe aussi un chemin menant au plein amour d'objet. À travers l'enfant qu'elles mettent au monde, c'est une partie de leur propre corps qui se présente face à elles comme un objet étranger auquel elles peuvent désormais, à partir de leur narcissisme, offrir le plein amour d'objet. D'autres femmes encore n'ont pas à attendre la naissance de l'enfant pour faire le pas dans l'évolution entre le narcissisme (secondaire) et l'amour d'objet. Elles se sont elles-mêmes senties masculines avant la puberté et se sont, pendant une fraction de leur parcours, développées comme des hommes ; après que cette tendance a été interrompue avec l'apparition de la maturité féminine, il leur reste la faculté d'aspirer à un idéal masculin qui est en réalité le prolongement du naturel de petit garçon qui a un jour été le leur.

Un bref aperçu des chemins menant au choix d'objet peut conclure ces remarques allusives. On aime :

1) selon le type narcissique :

a) ce que l'on est soi-même (à soi-même),

b) ce que l'on a été soi-même,

c) ce que l'on aimerait être soi-même,

d) la personne qui était une partie de notre propre soi.

2) selon le type de l'étayage :

a) la femme nourricière,

b) l'homme protecteur

et les personnes de substitution qui en émanent par séries. Le cas c) du premier type ne pourra être justifié que par des propos qui seront tenus plus loin.

On devra souligner dans un autre contexte l'importance du choix d'objet narcissique pour l'homosexualité de l'homme.

Le narcissisme primaire de l'enfant, dont nous posons l'hypothèse et qui recèle l'une des conditions de nos théories de la libido, est moins facile à appréhender par observation directe qu'à confirmer par déduction depuis un autre point. Si l'on considère l'attitude des parents faisant preuve de tendresse à l'égard de leurs enfants, il faut la reconnaître comme une réanimation et une reproduction de leur propre narcissisme, auquel ils ont renoncé depuis très longtemps. La surévaluation, un signe fiable dont nous avons déjà rendu compte en tant que stigmate narcissique à propos du choix d'objet, domine, on le sait généralement, cette relation fondée sur le sentiment. Il existe ainsi une compulsion à attribuer toutes les perfections à l'enfant alors qu'une observation lucide n'en trouverait pas le prétexte, de cacher et d'oublier toutes ses lacunes – et la négation de la sexualité infantile est liée à ce phénomène. Mais il existe aussi une tendance à suspendre, devant l'enfant, toutes les conquêtes culturelles dont on a arraché la reconnaissance à son narcissisme, et de renouveler auprès de lui les prétentions à des privilèges abandonnés depuis très longtemps. L'enfant doit avoir une vie meilleure que ses parents, il ne doit pas être soumis aux nécessités dont on a reconnu la domination sur l'existence. Maladie, mort, renoncement au plaisir, restriction de sa volonté propre ne doivent pas s'appliquer à l'enfant, les lois de la nature comme celles de la société doivent s'arrêter devant lui, il doit réellement redevenir le point central et le cœur de la création. *His Majesty the Baby*, ce que l'on croyait être jadis. Il doit exaucer les rêves et les vœux non accomplis des parents, devenir un grand homme et un héros à la place du père, avoir un prince pour époux en guise de dédommagement tardif de la mère. Le point le plus délicat du système narcissique, l'immortalité du moi, mise à rude épreuve par la réalité, a trouvé sa garantie dans le refuge auprès de l'enfant. L'amour parental, émouvant, au fond tellement puéril, n'est qu'une renaissance du narcissisme des parents, qui dans sa mutation en amour d'objet, révèle de manière indiscutable son ancienne nature.

III

À quels troubles est soumis le narcissisme originel de l'enfant, par quelles réactions il s'en défend, sur quelles voies il est alors poussé : je voudrais mettre tout cela de côté, comme un matériau de travail important qui attend encore d'être traité ; on peut en mettre en exergue l'élément principal sous le nom de « complexe de castration » (angoisse concernant le pénis chez le petit garçon, envie du pénis chez la petite fille) et le traiter en relation avec l'influence de l'intimidation sexuelle précoce. L'investigation psychanalytique qui, d'ordinaire, nous permet de suivre les aléas des pulsions libidinales lorsque celles-ci, isolées des pulsions du moi, se trouvent en opposition avec celles-là, nous permet de tirer dans ce domaine des conclusions rétroactives sur une époque et une situation psychique dans laquelle les deux types de pulsion agissent encore de concert, dans un agrégat indissociable, sous forme d'intérêts narcissiques. Alfred Adler a tiré de ce contexte sa « protestation virile » qu'il élève au rang de force de pulsion presque unique de la formation des caractères et des névroses. Lui ne la fonde pas sur un courant narcissique, c'est-à-dire toujours et encore libidinal, mais sur une appréciation sociale. Du point de vue de la recherche psychanalytique, l'existence et la signification de la « protestation virile » sont reconnues depuis le tout début, sa nature narcissique et son origine dans le complexe de castration ont cependant été défendues contre Adler. Cette protestation est l'un des éléments de la formation du caractère, dont il contribue à la genèse avec beaucoup d'autres facteurs, et elle est totalement inapte à éclairer les problèmes liés aux névroses, dans lesquelles Adler ne veut rien retenir, si ce n'est la manière dont elles servent l'intérêt du moi. Il me paraît totalement impossible de poser la genèse de la névrose sur la base étroite du complexe de castration, quelle que soit la puissance avec laquelle celui-ci puisse intervenir, y compris chez les hommes, parmi les résistances à la guérison de la névrose. Je connais enfin, pour finir, des cas de névrose dans lesquelles la « protestation virile » ou, dans notre esprit, le complexe de castration, ne joue pas de rôle pathogène, ou bien n'intervient absolument pas.

L'observation de l'adulte normal montre que son ancienne mégalomanie s'est atténuée, et que les caractères psychiques à partir desquels nous avons étudié son narcissisme infantile se sont effacés. Qu'est devenue sa libido du moi ? Devons-nous admettre qu'elle s'est entièrement dissoute dans les investissements d'objet ? Cette possibilité contredit manifestement toute la chaîne de nos explications ; mais nous pouvons aussi emprunter à la psychologie du refoulement un indice menant à une autre réponse à la question.

Nous avons appris que les motions de pulsion libidinales sont soumises au destin du refoulement pathogène lorsqu'elles sont entrées en conflit avec les représentations culturelles et éthiques de l'individu. Sous cette condition, on ne comprend jamais que la personne a, de l'existence de ces représentations, une connaissance purement intellectuelle, mais toujours qu'elle les reconnaît comme déterminantes pour elle-même, et qu'elle se soumet aux exigences qui en découlent. Le refoulement, nous l'avons dit, émane du moi ; nous pourrions préciser : de l'estime que le moi a pour soi-même. Les mêmes impressions, vécus, impulsions, motions de désir que tel homme laisse agir en lui, ou du moins traite consciemment, sont refusés par tel autre avec une profonde indignation, ou étouffés avant même qu'il n'en ait pris conscience. Mais la différence entre les deux, qui recèle la condition du refoulement, peut facilement s'appréhender dans des expressions qui permettent une maîtrise par la théorie de la libido. Nous pouvons dire que l'un a créé en soi un idéal auquel se mesure son moi actuel tandis que l'autre ne dispose pas d'une telle formation. La formation d'idéal serait, de la part du moi, la condition du refoulement.

C'est à ce moi idéal que va désormais l'amour de soi dont le moi réel jouit dans l'enfance. Le narcissisme apparaît déplacé vers ce nouveau moi idéal qui se trouve, comme l'infantile, en possession de toutes les précieuses perfections. L'homme, ici, comme chaque fois dans le domaine de la libido, s'est avéré incapable de renoncer à la satisfaction dont il a déjà joui une fois. Il ne veut pas renoncer à la perfection narcissique de son enfance, et s'il n'a pas pu retenir celle-ci, étant perturbé par les avertissements reçus pendant sa période de développement et éveillé dans son jugement, il cherche à la regagner sous la forme nouvelle de l'idéal du moi. Ce qu'il projette devant soi comme son idéal est le succédané du narcissisme perdu de son enfance, au cours de laquelle il était son propre idéal.

Il est tentant d'étudier les relations qui existent entre cette constitution d'idéal et la sublimation. Cette dernière est un processus qui s'applique à la libido d'objet et consiste dans le fait qu'une pulsion se jette vers un autre objectif, éloigné de la satisfaction sexuelle ;

l'accent repose, ici, sur la distraction à l'égard du sexuel. L'idéalisation est un processus engagé avec l'objet, et à travers lequel celui-ci est agrandi et psychiquement rehaussé sans transformation de sa nature. L'idéalisation est possible aussi bien dans le domaine de la libido du moi que dans celui de la libido d'objet. Ainsi, par exemple, la surestimation sexuelle d'objet est une idéalisation de celui-ci. Dans la mesure, donc, où la sublimation décrit quelque chose qui procède avec la pulsion, et l'idéalisation quelque chose qui procède avec l'objet, les deux peuvent être dissociées au niveau du concept.

La formation de l'idéal du moi est souvent confondue avec la sublimation de la pulsion, aux dépens de la compréhension. Quiconque a échangé son narcissisme contre la vénération d'un idéal élevé du moi n'a donc pas besoin de réussir la sublimation de ses pulsions libidinales. L'idéal du moi exige certes une sublimation de ce type, mais ne peut l'obtenir par la force ; la sublimation reste un processus particulier dont le lancement peut être stimulé par l'idéal, mais dont la mise en œuvre demeure totalement indépendante de ce type d'incitation. On trouve justement chez les névrosés les plus hauts différentiels de tension entre la formation de l'idéal du moi et la quantité de sublimation de leurs pulsions libidinales primitives, et il est en général bien plus difficile de persuader l'idéaliste que l'homme simple dont les prétentions sont restées modestes, du placement inadéquat de sa libido. Le rapport de la formation d'idéal et de la sublimation avec le déclenchement de la névrose est lui aussi totalement différent. Nous l'avons vu, la formation d'idéal accroît les exigences du moi et constitue la condition la plus favorable du refoulement ; la sublimation représente l'issue permettant de satisfaire l'exigence sans provoquer le refoulement.

Il ne serait pas étonnant que nous venions à découvrir une instance psychique particulière qui remplisse la mission consistant à veiller sur la garantie de la satisfaction narcissique à partir de l'idéal du moi, et qui, dans cette intention, observe sans interruption le moi actuel et le mesure à l'aune de l'idéal. Si une telle instance existe, il est impossible que le hasard nous mette face à elle ; nous ne pouvons que l'identifier en tant que telle, et nous sommes en droit de nous dire que ce que nous appelons notre *conscience morale* est conforme à cette caractéristique. La reconnaissance de cette instance nous permet de comprendre ce que l'on appelle le délire de l'attention ou plus exactement de l'observation[1] qui intervient si clairement dans la symptomatologie des pathologies paranoïdes et peut peut-être aussi survenir sous la forme d'une pathologie isolée

1. Sous-entendu : l'attention que nous portent les autres, l'observation par les autres. *(N.d.T.)*

ou bien infiltrée dans une névrose de transfert. Les malades se plaignent alors du fait que l'on connaisse toutes leurs pensées, que l'on observe et surveille leurs actes. Ils sont informés du fonctionnement de cette instance par des voix qui, fait caractéristique, leur parlent à la troisième personne. (« Voilà qu'elle y repense ; voilà qu'il s'en va. ») Cette plainte a raison, elle décrit la vérité ; ce pouvoir qui observe, découvre et critique toutes nos intentions, existe réellement, et ce dans notre vie normale à nous tous. Le délire de l'observation la présente sous une forme régressive, dévoile ce faisant sa genèse et la raison pour laquelle le malade s'insurge contre elle.

L'incitation à former l'idéal du moi, dont la conscience morale doit assurer la garde, était en effet issue de l'influence critique des parents, transmise par la voix, parents auxquels se sont rattachés au fil du temps les éducateurs, les enseignants, et, sous forme d'un essaim indéfinissable et s'étendant à perte de vue, toutes les autres personnes du milieu. (Les autres, l'opinion publique.)

De grandes quantités de libido essentiellement homosexuelle ont ainsi été puisées pour constituer l'idéal narcissique du moi, et trouvent une dérivation et une satisfaction dans la conservation de celui-ci. L'institution de la conscience morale était au fond une incarnation, d'abord de la critique parentale, et par la suite de la critique de la société, un procédé qui se répète dans la naissance d'une tendance au refoulement à partir d'une interdiction ou d'un obstacle d'abord extérieur. La maladie met alors au premier plan les voix, mais aussi la foule restée indéterminée, afin que l'histoire de régression de la conscience soit reproduite de manière régressive. Le refus de cette *instance de censure* repose cependant sur le fait que la personne, conformément au caractère fondamental de la maladie, veut se détacher de toutes ces influences, à commencer par celle de ses parents, et retire d'elles la libido homosexuelle. Sa conscience morale lui fait alors face, hostile, dans une représentation régressive, sous forme d'une ingérence extérieure.

La plainte de la paranoïa montre aussi que l'autocritique de la conscience morale coïncide, au fond, avec l'observation de soi sur laquelle elle est bâtie. La même activité psychique qui a repris la fonction de la conscience morale s'est donc aussi placée au service de l'introspection qui fournit à la philosophie le matériau de ses opérations intellectuelles. Cela ne peut pas être indifférent au moteur de la constitution spéculative de système qui caractérise la paranoïa[1].

Il sera certainement significatif, à nos yeux,

1. J'indique, uniquement à titre de supposition, que la formation et le renforcement de cette instance observatrice pourrait aussi regrouper la naissance tardive de la

que nous puissions reconnaître dans d'autres domaines encore les signes de l'activité de cette instance qui mène une observation critique – et s'est hissée au niveau de la conscience morale et de l'introspection philosophique. Je fais ici appel à ce que Herbert Silberer a décrit comme le « phénomène fonctionnel », l'un des rares compléments à la théorie du rêve dont la valeur soit incontestable. Silberer, on le sait, a montré que dans des états situés entre le sommeil et la veille, on peut observer directement la transposition de pensées en images visuelles, mais que dans de telles circonstances il est fréquent que ce que l'on voit ne représente pas le contenu de la réflexion, mais de l'état (de bonne disposition, de lassitude, etc.) dans lequel se trouve la personne luttant contre le sommeil. Il a également montré que certaines conclusions de rêves et autres passages à l'intérieur du contenu du rêve ne signifient que l'autoperception du sommeil et du réveil. Il a donc prouvé que l'observation de soi – dans le sens du délire d'observation paranoïaque – prend part à la formation du rêve. Cette participation est inconstante ; si je l'ai négligée, c'est vraisemblablement parce qu'elle ne joue pas un grand rôle dans mes propres rêves ; chez les personnes douées pour la philoso-

---

mémoire (subjective) et celle du facteur temps, qui ne s'applique pas aux processus inconscients.

phie et habituées à l'introspection, cela peut devenir très clair.

Nous nous rappelons avoir trouvé que la formation du rêve se produit sous le règne d'une censure qui impose une déformation à la pensée du rêve. Cette censure, nous ne nous la sommes cependant pas figurée comme une puissance particulière : nous avons choisi cette expression pour désigner la face tournée vers la réflexion onirique des tendances qui dominent le moi et le refoulent. Si nous continuons à avancer dans la structure du moi, nous pouvons aussi reconnaître le *censeur du rêve* dans l'idéal du moi et dans les expressions dynamiques de la conscience morale. Si ce censeur dresse aussi un peu l'oreille, même pendant le sommeil, nous comprenons que la condition de son activité, l'observation de soi et l'autocritique, avec des contenus du type : « à présent il est trop somnolent pour réfléchir – le voilà qui s'éveille », apporte une contribution au contenu du rêve[1].

Nous pouvons, depuis ce point, tenter d'engager le débat sur l'estime de soi chez la personne normale et chez le névrosé.

Le sentiment d'estime de soi nous apparaît

---

1. Je ne peux trancher ici sur le point de savoir si le fait de séparer cette instance de censure de l'autre moi est en mesure de fonder la scission philosophique entre une conscience (*Bewusstsein*) et une conscience de soi (*Selbstbewusstsein*).

dans un premier temps comme l'expression de la grandeur du moi, dont la composition n'importe pas plus que cela. Tout ce que l'on a possédé ou obtenu, tout reste du sentiment primitif de toute-puissance, confirmé par l'expérience, aide à améliorer le sentiment d'estime de soi.

Si nous introduisons notre distinction entre les pulsions sexuelles et les pulsions du moi, nous devons reconnaître au sentiment d'estime de soi une dépendance interne particulière à l'égard de la libido narcissique. Nous nous appuyons ici sur deux faits fondamentaux : dans les paraphrénies, le sentiment d'estime de soi est amélioré, dans les névroses de transfert il est rabaissé, et dans la vie amoureuse le fait de ne pas être aimé abaisse le sentiment d'estime de soi tandis que le fait d'être aimé l'augmente. Nous avons indiqué que le fait d'être aimé représente l'objectif et la satisfaction dans le choix d'objet narcissique.

Il est par ailleurs facile d'observer que l'investissement libidinal des objets n'améliore pas le sentiment d'estime de soi. La dépendance à l'égard de l'objet aimé a un effet rabaissant ; quand on est amoureux, on est humble. Qui aime a pour ainsi dire perdu un fragment de son narcissisme et ne peut le remplacer que par le fait d'être aimé. Sous tous ces angles, le sentiment d'estime de soi semble rester en relation avec la part narcissique de la vie amoureuse.

La perception de l'impuissance, de sa propre incapacité à aimer, à la suite de troubles psychiques ou physiques, a un effet hautement dégradant sur le sentiment d'estime de soi. C'est ici, selon moi, que réside l'une des sources des sentiments d'infériorité si volontiers exprimés par les malades souffrant de névroses de transfert. La source principale de ces sentiments est toutefois l'appauvrissement du moi, qui résulte des investissements libidinaux extraordinairement importants, ayant échappé au moi, c'est-à-dire de la lésion du moi par des tendances sexuelles qui ne sont plus soumises au contrôle.

Alfred Adler a fait valoir à juste titre que la perception de ses propres infériorités organiques aiguillonne une vie psychique viable et accroît son rendement par le biais de la surcompensation. Mais ce serait une totale exagération que de vouloir, comme il le propose, ramener tout bon rendement, une fois atteint, à cette condition de l'infériorité organique originelle. Tous les peintres n'ont pas de déficiences visuelles, tous les orateurs n'ont pas, autrefois, été bègues. Il existe aussi beaucoup d'exemples de prestations remarquables dues à un très grand talent organique. Pour l'étiologie de la névrose, l'infériorité organique et l'atrophie jouent un faible rôle, du même ordre que le matériau de perception actuel pour la formation du rêve. La névrose s'en sert comme prétexte, comme elle se sert de tous les autres éléments utilisables. Si vous venez de croire une patiente névrosée affirmant qu'elle ne pouvait que tomber malade parce qu'elle était laide, malformée et dépourvue de charme, si bien que personne ne pouvait l'aimer, la névrosée suivante vous démentira : elle persiste dans la névrose et le refus de la sexualité, bien qu'elle paraisse plus désirable que la moyenne et soit effectivement désirée. La plupart des femmes hystériques comptent au nombre des représentants attirantes, et même belles, de leur sexe ; et par ailleurs, l'accumulation de laideurs, d'atrophies organiques et d'infirmités que l'on rencontre dans les couches inférieures de notre société ne change rien à la fréquence des pathologies névrotiques en elles.

Les relations du sentiment d'estime de soi avec l'érotisme (avec les investissements d'objet libidinaux) peuvent être formellement présentées comme suit : on doit distinguer entre deux cas, selon que les investissements amoureux sont *conformes au moi* ou ont au contraire connu un refoulement. Dans le premier cas (l'utilisation de la libido conformément au moi), l'amour est évalué comme n'importe quelle activité du moi. L'amour en soi, comme ardente aspiration, comme renoncement, rabaisse le sentiment d'estime de soi – le fait d'être aimé, de trouver l'amour en retour, de posséder l'objet aimé, le relève à nouveau. Dans le cas où la libido est refoulée, l'investissement amoureux peut être considéré comme une sévère réduction du moi, la satisfaction amoureuse est impossible, le réenrichissement du moi ne peut se former que par le retrait de la libido hors des objets. Le retour de la libido d'objet vers le moi, sa transformation en narcissisme, représente en quelque sorte de nouveau un amour heureux, et par ailleurs, un amour heureux réel correspond aussi à l'état originel dans lequel libido d'objet et libido du moi ne peuvent être distinguées l'une de l'autre.

L'importance et l'opacité du sujet peuvent à présent justifier l'ajout, en ordre plus dispersé, de quelques autres propositions :

L'évolution du moi provoque un éloignement du narcissisme primaire et produit une intense volonté de reconquérir celui-ci. Cet éloignement survient par le biais d'un décalage de la libido vers un idéal du moi imposé de l'extérieur, la satisfaction par la mise en œuvre de cet idéal.

Dans le même temps, le moi a émis des investissements d'objet libidinaux. Il est appauvri au profit de ces investissements et de l'idéal du moi, et s'enrichit de nouveau par les satisfactions objectales comme par l'accomplissement de l'idéal.

Une part du sentiment d'estime de soi est primaire, il s'agit du reste du narcissisme infantile, une autre partie découle de la toute-puissance confirmée par l'expérience (l'accomplissement de l'idéal du moi), une troisième provient de la satisfaction de la libido d'objet.

L'idéal du moi a placé la satisfaction libidinale liée aux objets dans des conditions difficiles en en faisant repousser une partie par son censeur, qui les présente comme incompatibles. Lorsqu'un tel idéal ne s'est pas développé, la tendance sexuelle concernée entre, intacte et sous forme de perversion, dans la personnalité. Être de nouveau son propre idéal, y compris pour ce qui concerne les tendances sexuelles, comme dans l'enfance : voilà le bonheur que veulent atteindre les gens.

Le fait de tomber amoureux consiste en un débordement de la libido du moi sur l'objet. On y trouve la force d'éliminer les refoulements et de rétablir les perversions. Cela élève l'objet sexuel au rang d'idéal sexuel. Comme cela se produit selon le type objectal ou par l'étayage sur la base de l'accomplissement de conditions amoureuses infantiles, on peut dire : ce qui remplit ces conditions sera idéalisé.

L'idéal sexuel peut entrer dans une relation intéressante avec l'idéal du moi en lui servant d'auxiliaire. Lorsque la satisfaction narcissique se heurte aux obstacles réels, l'idéal sexuel peut être utilisé comme substitut de satisfaction. On aime alors, selon le type du choix d'objet narcissique, ce que l'on était et ce que l'on a perdu, ou ce qui détient des avantages que l'on n'a absolument pas (voir ci-dessus,

p. 64 en *c*). La formule parallèle à celle que nous avons vue ci-dessus est la suivante : on aime ce qui possède ce qui manque au moi pour atteindre l'idéal. Ce genre d'expédient a une signification particulière pour le névrosé, qui, par ses investissements démesurés d'objets dans le moi, est appauvri et incapable d'accomplir son idéal du moi. Il cherche alors, après le gaspillage de libido qu'il pratique sur les objets, à retrouver le chemin du narcissisme en se cherchant un idéal sexuel selon le type narcissique détenant les avantages qu'il ne pourra pas atteindre. C'est la guérison par l'amour, qu'il préfère en général à la guérison analytique. Mieux, il ne peut pas croire à un autre mécanisme de guérison, il apporte en général l'espoir en celui-ci dans la cure et l'oriente vers la personne du médecin qui le traite. À ce plan de guérison s'oppose naturellement l'incapacité amoureuse du malade, due à ses refoulements étendus. Si l'on a, grâce au traitement, remédié à ceux-ci jusqu'à un certain degré, on se retrouve fréquemment face à ce succès involontaire que le malade se dérobe à présent à la suite du traitement pour faire un choix amoureux et confier la suite de son rétablissement à la vie commune avec la personne aimée. On pourrait être satisfait de cette issue si elle n'entraînait pas tous les risques d'une dépendance oppressante à l'égard de celui qui l'a ainsi sauvé.

Depuis l'idéal du moi, un chemin important

mène à la compréhension de la psychologie de masse. Cet idéal a, outre sa part individuelle, une part sociale, c'est aussi l'idéal commun d'une famille, d'un ordre, d'une nation. Il a, hormis la libido narcissique, lié une grande part de la libido homosexuelle à une personne qui est, par ce biais, retournée dans le moi. L'insatisfaction découlant du non-accomplissement de cet idéal libère la libido homosexuelle, laquelle se transforme en conscience de la faute (angoisse sociale). La conscience de la faute était à l'origine une angoisse survenant à l'idée de la punition des parents, ou plus exactement : de la perte d'une partie de leur amour ; les parents ont ultérieurement cédé la place à la masse indéterminée des camarades. La cause fréquente de la paranoïa par atteinte pathologique du moi, par défaillance de la satisfaction dans le domaine de l'idéal du moi, devient ainsi compréhensible, tout comme la rencontre de la formation d'idéal et de la sublimation dans l'idéal du moi, la rétrogradation des sublimations et l'éventuel remaniement des idéaux dans les pathologies paraphréniques.

La théorie de la libido et le narcissisme[1] (1915)

1. Ce texte est le chapitre XXVI de *Introduction à la psychanalyse*, Paris, Payot, coll. « Petite Bibliothèque Payot », 2001. La traduction, faite à l'origine par Samuel Jankélévitch, a été révisée par Olivier Mannoni pour la présente édition.

Mesdames et Messieurs,

À plusieurs reprises, et tout récemment encore, nous avons eu à distinguer entre les pulsions du moi et les pulsions sexuelles. Le refoulement nous a tout d'abord montré qu'une opposition peut s'élever entre les unes et les autres, opposition à la suite de laquelle les pulsions sexuelles subissent une défaite formelle et sont obligées de se procurer satisfaction par des détours régressifs : elles trouvent dans leur caractère indomptable une compensation à leur défaite. Nous avons vu ensuite que les deux groupes de pulsions se comportent différemment vis-à-vis de cette éducatrice qu'est la nécessité, de sorte qu'ils suivent des voies de développement différentes et entretiennent avec le principe de réalité des rapports différents. Nous avons enfin cru constater que les tendances sexuelles se rattachent bien plus étroitement que les tendances du moi à l'état affectif du moi, résultat qui sur un seul point important apparaît encore comme incomplet. Aussi citerons-nous à l'appui de ce résultat le fait notable que la non-satisfaction de la faim et de la soif, ces deux instincts de conservation les plus élémentaires, n'est jamais suivie de la transformation de ces instincts en angoisse, alors que nous savons que la transformation en angoisse de la libido insatisfaite est un des phénomènes les mieux connus et les plus fréquemment observés.

Notre droit de faire une distinction entre les pulsions du moi et les pulsions sexuelles est donc sans doute incontestable. Nous tirons ce droit de l'existence même de la vie sexuelle comme activité particulière de l'individu. On peut seulement demander quelle importance et quelle profondeur nous attribuons à cette distinction. Mais nous ne pourrons répondre à cette question que lorsque nous aurons établi les différences de comportement qui existent entre les pulsions sexuelles, dans leurs manifestations corporelles et psychiques, et les autres tendances que nous leur opposons, et lorsque nous nous serons rendu compte de l'importance des conséquences qui découlent de ces différences. Nous n'avons naturellement aucune raison d'affirmer une différence de nature, d'ailleurs peu concevable, entre ces deux groupes de pulsions. L'un et l'autre désignent des sources d'énergie de l'individu, et la question de savoir si ces deux groupes n'en forment au fond qu'un ou s'il existe entre eux une différence de nature et, s'ils n'en forment au fond qu'un, à quel moment ils se sont séparés l'un de l'autre, cette question, disons-nous, peut et doit être discutée non d'après des notions abstraites, mais sur la base de faits fournis par la biologie. Sur ce point, nos connaissances sont provisoirement insuffisantes, et même si nous en savions plus, cette question n'entrerait pas en jeu dans la mission analytique qui est la nôtre.

Nous ne gagnons manifestement pas grand-chose à insister, avec Jung, sur l'unité originelle de toutes les pulsions et à donner le nom de « libido » à l'énergie se manifestant en toute chose. Comme il est impossible, à quelque artifice qu'on ait recours, d'éliminer de la vie psychique la fonction sexuelle, nous nous verrions obligé de parler d'une libido sexuelle et d'une libido asexuelle. C'est avec raison que le nom de libido reste exclusivement réservé aux pulsions de la vie sexuelle, et c'est uniquement dans ce sens que nous l'avons toujours employé.

Je pense donc que la question de savoir jusqu'à quel point il convient de pousser la séparation entre pulsions sexuelles et pulsions découlant de l'instinct de conservation est sans grande importance pour la psychanalyse. Celle-ci n'a d'ailleurs aucune compétence pour la résoudre. Toutefois la biologie nous fournit certains indices permettant de supposer que cette séparation a une signification profonde. La sexualité est en effet la seule fonction de l'organisme vivant qui dépasse l'individu et assure son rattachement à l'espèce. Il est facile de se rendre compte que l'exercice de cette fonction, loin d'être toujours aussi utile à l'individu que l'exercice de ses autres fonctions, lui crée, au prix d'un plaisir d'une intensité exceptionnelle, des dangers qui menacent sa vie et la gâchent même assez souvent. Il est en outre probable que ce soit à la faveur de processus métaboliques particuliers, distincts de tous les autres, qu'une partie de la vie individuelle peut être transmise à la postérité à titre de disposition. Enfin, l'être individuel, qui se considère lui-même comme l'essentiel et ne voit dans sa sexualité qu'un moyen de satisfaction parmi tant d'autres, ne forme, au point de vue biologique, qu'un épisode dans une série de générations, une excroissance éphémère d'un protoplasme virtuellement immortel, une sorte de possesseur temporaire d'un fidéicommis destiné à lui survivre.

L'explication psychanalytique des névroses n'a cependant pas besoin de considérations d'une aussi vaste portée. L'examen séparé des pulsions sexuelles et des pulsions du moi nous a fourni le moyen de comprendre les névroses de transfert, que nous avons pu ramener au conflit entre les pulsions sexuelles et la tendance découlant de l'instinct de conservation ou, pour nous exprimer en termes biologiques, bien que plus imprécis, au conflit entre la position du moi, en tant qu'être individuel et indépendant, et le moi considéré comme membre d'une série de générations. Ce dédoublement n'existe peut-être que chez l'homme ; aussi la névrose constitue-t-elle, *grosso modo*, son privilège sur les animaux. Le développement excessif de sa libido, la richesse et la variété de sa vie psychique, dont ce développement ouvre peut-être la possibilité, semblent avoir créé la condition du conflit dont nous parlons. Et il est évident que ces conditions sont également celles de grands progrès réalisés par l'homme, progrès qui lui ont permis de laisser loin derrière lui ce qu'il avait de commun avec les autres animaux, de sorte que sa prédisposition à la névrose ne constitue que le revers de ses autres talents. Mais laissons là ces spéculations qui ne peuvent que nous éloigner de notre tâche immédiate.

Nous avons conduit jusqu'à présent notre travail en postulant la possibilité de distinguer les pulsions du moi des pulsions sexuelles d'après leurs manifestations respectives. Pour ce qui est des névroses de transfert, nous avons pu faire cette distinction sans difficulté. Nous avons appelé « libido » les investissements d'énergie que le moi affecte aux objets de ses tendances sexuelles, et « intérêt », toutes les autres dépenses d'énergie ayant leur source dans les pulsions de l'instinct de conservation ; en suivant tous ces investissements de libido, leurs avatars et leur sort final, nous avons pu acquérir une première notion du mécanisme qui préside aux forces psychiques. Les névroses de transfert nous avaient fourni sous ce rapport la matière la plus favorable. Mais le moi lui-même, les différentes organisations dont il se compose, leur structure et leur mode de fonctionnement, tout cela nous restait encore caché et nous pouvions seulement supposer que l'analyse d'autres troubles névrotiques nous fournirait la notion recherchée.

Nous avons commencé de bonne heure à étendre les conceptions psychanalytiques à ces autres affections. C'est ainsi que, dès 1908, Karl Abraham, à la suite d'un échange d'idées avec moi, avait émis la proposition que le principal caractère de la *dementia praecox* (classée parmi les névroses) consiste en ce que l'investissement de libido des objets fait défaut dans cette affection (voir en annexe « Les différences psychosexuelles entre l'hystérie et la démence précoce »). Mais une question s'est ensuite posée : que devient la libido des déments, du moment qu'elle se détourne de l'objet ? À cette question, Abraham n'hésita pas à répondre que la libido se retourne vers le moi et que ce retour réflexif, ce rebondissement de la libido vers le moi constitue la source de la mégalomanie de la démence précoce. La mégalomanie peut d'ailleurs être comparée à la surestimation sexuelle de l'objet qu'on observe dans la vie amoureuse. C'est ainsi que pour la première fois un trait d'une affection psychotique nous est révélé par la relation avec la vie amoureuse normale.

Je vous le dis sans plus tarder : les premières conceptions d'Abraham se sont maintenues dans la psychanalyse et sont devenues la base de notre position à l'égard des psychoses. On s'était peu à peu familiarisé avec l'idée que la libido que nous trouvons fixée aux objets, la libido qui est l'expression d'une quête de satisfaction par le moyen de ces objets, peut aussi se détourner de ceux-ci et les remplacer par le moi. On s'est alors attaché à donner à cette représentation une forme de plus en plus achevée, en établissant des liens logiques entre ses éléments constitutifs. Le mot « narcissisme » que nous employons pour désigner ce placement de la libido est emprunté à une perversion décrite par Paul Näcke et dans laquelle l'individu adulte a pour son propre corps la tendresse dont on entoure généralement un objet sexuel extérieur.

On se dit aussitôt qu'à partir du moment où la libido est ainsi capable de se fixer au propre corps et à la propre personne du sujet au lieu de s'attacher à un objet, il ne peut certainement pas s'agir d'un cas exceptionnel et insignifiant. Il est plutôt probable que le narcissisme constitue l'état général et primitif d'où l'amour d'objet n'est sorti qu'ultérieurement, sans que le narcissisme ait disparu pour autant. Et d'après ce qu'on savait du développement de la libido d'objet, on se rappelait forcément que beaucoup de tendances sexuelles reçoivent au début une satisfaction que nous appelons « autoérotique », c'est-à-dire une satisfaction ayant pour source le corps même du sujet, et que c'est cette aptitude de l'autoérotisme qui explique le retard que met la sexualité à s'adapter au principe de réalité inculqué par l'éducation. L'auto-érotisme étant donc l'activité sexuelle du stade narcissique de la fixation de la libido.

En résumé, nous nous sommes fait des rapports entre la libido du moi et la libido d'objet une représentation que je puis vous illustrer par une comparaison empruntée à la zoologie. Vous connaissez ces êtres vivants élémentaires composés d'une boule de substance protoplasmique à peine différenciée. Ces êtres émettent des prolongements, appelés pseudopodes, dans lesquels ils font écouler leur substance vitale. Mais ils peuvent également retirer ce prolongement et se rouler de nouveau en boule. Comparons à présent l'émission de prolongements à l'émanation de la libido vers les objets, sa principale masse pouvant rester dans le moi, et supposons que dans des circonstances normales la libido du moi se transforme facilement en libido d'objet, et que celle-ci peut de nouveau être absorbée par le moi.

À l'aide de ces représentations, nous sommes à même d'expliquer ou, pour nous exprimer d'une manière plus modeste, de décrire dans le langage de la théorie de la libido un grand nombre d'états psychiques qui doivent être considérés comme faisant partie de la vie normale : attitude psychique dans l'amour, au cours de maladies organiques, dans le sommeil. En ce qui concerne l'état de sommeil, nous avons émis la supposition qu'il se fonde sur un isolement par rapport au monde extérieur et sur la subordination au souhait de sommeil. Et nous avons dit que toutes les activités psychiques nocturnes qui se manifestent dans le rêve se trouvent au service de ce souhait et sont en outre déterminées et dominées par des mobiles tout à fait égoïstes. Nous plaçant cette fois au point de vue de la théorie de la libido, nous déduisons que le sommeil est un état dans lequel tous les investissements d'objet, libidinaux aussi bien qu'égoïstes, sont abandonnés et ramenés dans le moi. Ne jette-t-on pas ainsi une nouvelle lumière sur le repos que procure le sommeil et sur la nature de la fatigue ? Le tableau du bienheureux isolement au cours de la vie intra-utérine, tableau que le dormeur évoque devant nos yeux chaque nuit, se trouve ainsi complété au point de vue psychique. Chez le dormeur se trouve reproduit l'état de répartition primitif de la libido : il présente notamment le narcissisme absolu, état dans lequel la libido et l'intérêt du moi vivent encore unis et indissociables dans le moi se suffisant à lui-même.

Le moment est venu de faire deux remarques.

En premier lieu, comment distinguerait-on le narcissisme de l'égoïsme au niveau conceptuel ? À mon avis, celui-là est le complément libidinal de celui-ci. En parlant d'égoïsme, on ne pense qu'à ce qui est utile pour l'individu ; mais en parlant de narcissisme, on tient compte de sa satisfaction libidinale. Au point de vue pratique, cette distinction entre le narcissisme et l'égoïsme peut être poussée assez loin. On peut être absolument égoïste sans cesser pour cela d'attacher de grandes quantités d'énergie libidinale à certain objet, dans la mesure où la satisfaction libidinale procurée par cet objet correspond aux besoins du moi. L'égoïsme veillera alors à ce que la poursuite de ces objets ne nuise pas au moi. On peut être égoïste et présenter en même temps un degré très prononcé de narcissisme, c'est-à-dire avoir un besoin d'objet très limité, pouvoir se passer facilement d'objet sexuel, soit au point de vue de la satisfaction sexuelle directe, soit en ce qui concerne ces tendances dérivées du besoin sexuel que nous avons l'habitude d'opposer, en tant qu'« amour », à la « sensualité » pure. Dans toutes ces conjonctures, l'égoïsme apparaît comme l'élément allant de soi, la constante, le narcissisme étant, au contraire l'élément variable. Le contraire de l'égoïsme, l'altruisme, loin de coïncider avec l'investissement d'objet libidinal, s'en distingue par l'absence de la poursuite d'une satisfaction sexuelle. C'est seulement dans l'état amoureux absolu que l'altruisme coïncide avec l'investissement d'objet libidinal. L'objet sexuel attire généralement vers lui une partie du narcissisme du moi, d'où il résulte ce qu'on peut appeler la « surestimation sexuelle de l'objet ». Qu'à cela s'ajoute encore la transfusion altruiste de l'égoïsme à l'objet sexuel, celui-ci devient tout-puissant : on peut dire alors qu'il a absorbé le moi.

Ce sera, j'espère, un délassement pour vous d'entendre, après le récit fantastique, mais au fond assez sec, de la science, une description poétique de l'opposition économique qui existe entre le narcissisme et l'état amoureux. Je l'emprunte au *Divan occidental-oriental* de Goethe :

« *Souleika* : La foule, l'esclave et le maître en tout temps reconnaissent que le suprême bien des fils de la terre est l'indépendance. Toute vie est supportable, quand on ne faillit pas à soi-même ; on peut tout perdre au monde, si l'on demeure ce que l'on est.

Hatem : Cela peut-être ! Voilà ce qu'on pense ; mais je suis sur une autre voie ; tout le bonheur de la terre, c'est en Souleika et elle seule que je le trouve réuni. Qu'elle se prodigue à moi, et ma personne me devient chère. Si elle se fût détournée, aussitôt j'étais perdu pour moi. Hatem aurait donc cessé d'être, mais j'ai déjà changé de sort : je me suis bien vite incarné dans l'homme charmant qu'elle caresse[1]. »

Ma deuxième remarque vient compléter la théorie du rêve. Nous ne pouvons pas nous expliquer la genèse du rêve si nous n'admettons pas, à titre additionnel, que l'inconscient refoulé a acquis une certaine indépendance à l'égard du moi, de sorte qu'il ne se plie pas au désir contenu dans le sommeil et maintient ses attaches, alors même que toutes les autres énergies qui dépendent du moi sont accaparées au profit du sommeil, dans la mesure où elles sont attachées à des objets. Alors seulement on parvient à comprendre comment cet inconscient peut profiter de la suppression ou de la diminution nocturne de la censure et s'emparer des restes diurnes pour former, avec les matériaux qu'ils fournissent, un souhait onirique défendu. D'autre part, il se peut que les restes diurnes tirent, en partie du moins, leur pouvoir de résistance à l'investissement de libido décidé par le souhait fait pendant le sommeil, du fait qu'il existe déjà une relation avec l'inconscient refoulé. Il y a là un important caractère dynamique que nous devons introduire après coup dans notre conception relative à la formation des rêves.

Une affection organique, une irritation dou-

1. Goethe, *Divan occidental-oriental*, « Livre de Souleika », ici dans la traduction de Jacques Porchat, Paris, Hachette, 1883. *(N.d.T.)*

loureuse ou l'inflammation d'un organe créent un état qui a nettement pour conséquence un détachement de la libido à l'égard des objets. La libido retirée de l'objet rentre dans le moi pour s'attacher avec force à la partie du corps malade. On peut même oser l'affirmation que, dans ces conditions, le détachement de la libido de ses objets est encore plus frappant que le détachement dont l'intérêt égoïste fait preuve par rapport au monde extérieur. Cela semble nous ouvrir la voie à la compréhension de l'hypocondrie, dans laquelle un organe préoccupe le moi de la même manière sans que nous le percevions comme malade.

Mais je résiste à la tentation de m'engager plus avant dans cette voie ou d'analyser d'autres situations que l'hypothèse d'une mutation de la libido objective dans le moi nous rendrait intelligible ou concrète : c'est que j'ai hâte de répondre à deux objections qui, je le sais, se présentent à votre esprit. Vous voulez savoir, en premier lieu, pourquoi en parlant de sommeil, de maladie et d'autres situations analogues, je fais une distinction entre libido et intérêt, entre pulsion sexuelle et pulsion du moi, alors que les observations peuvent généralement être interprétées en postulant l'existence d'une seule et unique énergie qui, libre dans ses déplacements, s'attache tantôt à l'objet, tantôt au moi, se met au service tantôt d'une tendance, tantôt d'une autre. Et, en deuxième lieu, vous êtes sans doute étonnés de me voir traiter comme source d'un état pathologique le détachement de la libido à l'égard de l'objet, alors que ces transformations de la libido objective en libido du moi, plus généralement en énergie du moi, font partie des processus normaux qui se reproduisent tous les jours et toutes les nuits dans la dynamique psychique.

Ma réponse sera la suivante. Votre première objection sonne bien. L'examen de l'état de sommeil, de maladie, de l'état amoureux ne nous aurait probablement jamais conduits, comme tels, à la distinction entre une libido du moi et une libido d'objet, entre la libido et l'intérêt. Mais vous oubliez les investigations qui nous avaient servi de point de départ et à la lumière desquelles nous envisageons maintenant les situations psychiques dont il est question. C'est en assistant au conflit d'où naissent les névroses de transfert que nous avons appris à distinguer entre la libido et l'intérêt, c'est-à-dire entre les pulsions sexuelles et les pulsions de l'instinct de conservation. Depuis, il ne nous est plus possible de renoncer à cette distinction. La possibilité de transformation de la libido d'objet en libido du moi, donc la nécessité de compter avec une libido du moi, nous est apparue comme la seule explication vraisemblable de l'énigme que posent les névroses dites narcissiques, comme la démence précoce, ainsi que des ressemblances et des différences qui existent entre celle-ci d'un côté, l'hystérie et l'obsession de l'autre. Nous appliquons maintenant à la maladie, au sommeil et à l'état amoureux ce dont nous avons trouvé ailleurs une confirmation irréfutable. Nous pouvons poursuivre ce type d'applications, afin de voir jusqu'où elles nous mèneront. La seule affirmation qui ne découle pas directement de notre expérience analytique est que la libido reste la libido, qu'elle s'applique à des objets ou au propre moi du sujet, et qu'elle ne se transforme jamais en intérêt égoïste ; on peut en dire autant de ce dernier. Mais cette affirmation équivaut à la distinction, déjà soumise par nous à une appréciation critique, entre les pulsions sexuelles et les pulsions du moi, distinction que, pour des raisons heuristiques, nous sommes décidés à maintenir, jusqu'à sa réfutation possible.

Votre deuxième objection est également justifiée, mais elle est engagée dans une fausse direction. Sans doute l'intégration au moi de la libido détachée des objets n'est-elle pas directement pathogène ; ne voyons-nous pas ce phénomène se produire par anticipation chaque fois que nous nous apprêtons à aller dormir, et suivre une marche inverse après le réveil ? L'animalcule protoplasmique rentre ses prolongements pour les émettre de nouveau à la première occasion. Mais c'est tout autre chose lorsqu'un processus déterminé, très énergique, force la libido à se détacher de l'objet. La libido devenue narcissique ne peut plus alors retrouver le chemin qui conduit aux objets, c'est cette diminution de la mobilité de la libido qui devient pathogène. On dirait qu'au-delà d'une certaine mesure l'accumulation de la libido ne peut être supportée. Nous pouvons imaginer que si la libido vient s'attacher à des objets, c'est parce que le moi y voit un moyen d'éviter les effets morbides que produirait une libido accumulée chez lui à l'excès. S'il entrait dans nos intentions de nous occuper plus en détail de la démence précoce, je vous montrerais que le processus à la suite duquel la libido, une fois détachée de l'objet, trouve la route barrée lorsqu'elle veut y retourner, que ce processus, dis-je, se rapproche de celui du refoulement et doit être considéré comme son pendant. Mais vous auriez surtout la sensation que vos pieds foulent un sol familier si je vous disais que les conditions de ce processus sont presque identique, d'après ce que nous en savons actuellement, à celles du refoulement. Le conflit semble être le même et se dérouler entre les mêmes forces. Si l'issue en est aussi différente de celle que nous observons dans l'hystérie, par exemple, cela ne peut tenir qu'à une différence de disposition. Chez le malade dont nous nous occupons ici, le développement de la libido a son point faible dans une autre phase : la fixation déterminante qui, si vous vous en souvenez, rend possible la formation de symptôme, se trouve ailleurs, probablement au stade du narcissisme primitif auquel la démence précoce retourne dans sa phase finale. Il est tout à fait remarquable que nous soyons obligés d'admettre, pour la libido de toutes les névroses narcissiques, des points de fixation correspondant à des phases de développement beaucoup plus précoces que dans l'hystérie ou la névrose de contrainte. Mais vous savez déjà que les notions que nous avons acquises à la suite de l'étude de névroses de transfert permettent également de s'orienter dans la névrose narcissique, beaucoup plus difficile au point de vue pratique. Les traits communs sont très nombreux, et il s'agit au fond d'un seul et même domaine de phénomènes.

Mais vous pouvez aussi facilement imaginer les difficultés, voire les impossibilités auxquelles se heurtent nécessairement ceux qui entreprennent l'explication de ces affections ressortissant déjà à la psychiatrie, sans apporter dans ce travail une connaissance analytique des névroses de transfert.

Le tableau symptomatique, d'ailleurs très variable, de la démence précoce ne se compose pas uniquement de symptômes découlant du détachement de la libido à l'égard de l'objet et de son accumulation dans le moi, en qualité de libido narcissique. Une grande place revient plutôt à d'autres phénomènes se rattachant aux efforts de la libido pour retourner aux objets, et correspondant par conséquent à une tentative de restitution ou de guérison. Ces derniers symptômes sont même les plus frappants, les plus bruyants. Ils présentent une ressemblance incontestable avec ceux de l'hystérie, plus rarement avec ceux de la névrose de contrainte, et cependant diffèrent des uns et des autres sur tous les points. Il semble que dans ses efforts pour retourner aux objets, c'est-à-dire aux représentations des objets, la libido réussisse vraiment, dans la démence précoce, à s'y accrocher, mais ce qu'elle saisit des objets n'est que leur ombre, je veux dire les représentations verbales qui leur correspondent. Je ne puis en dire davantage ici ; j'estime toutefois que ce comportement de la libido, dans ses aspirations de retour vers l'objet, nous a permis de nous rendre compte de la véritable différence qui existe entre une représentation consciente et une représentation inconsciente.

Je vous ai ainsi introduits dans le domaine où le travail analytique est appelé à réaliser ses prochains progrès. Depuis que nous nous sommes familiarisés avec le maniement de la notion de « libido du moi », les névroses narcissiques nous sont devenues accessibles ; la tâche qui en découle pour nous consiste à trouver une explication dynamique de ces affections et, en même temps, à compléter notre connaissance de la vie psychique par un approfondissement de ce que nous savons du moi. La psychologie du moi que nous cherchons à édifier doit être fondée, non sur les données que nous fournissent les perceptions que nous avons de nous-mêmes, mais, comme dans la libido, sur l'analyse des troubles et dissociations du moi. Il est vraisemblable que, lorsque nous aurons achevé ce grand travail, la valeur des connaissances que nous a fournies l'étude des névroses de transfert à propos du sort de la libido se trouvera diminuée à nos yeux. Mais ce travail est encore très peu avancé. Les névroses narcissiques ne donnent guère prise à la technique dont nous nous étions servis dans les névroses de transfert, et je vais vous en dire la raison dans un instant. Chaque fois que nous faisons un pas en avant dans l'étude de ces dernières, nous voyons se dresser devant nous comme un mur qui nous commande un temps d'arrêt. Dans les névroses de transfert, vous vous en souvenez, nous nous étions également heurtés à ce type de bornes de résistance, mais nous avions pu abattre les obstacles morceau par morceau. Dans les névroses narcissiques, la résistance est insurmontable ; nous pouvons tout au plus jeter un coup d'œil curieux par-dessus le mur, pour épier ce qui se passe de l'autre côté. Nos méthodes techniques usuelles doivent donc être remplacées par d'autres, et nous ignorons encore si nous réussirons à opérer cette substitution. Même en ce qui concerne ces malades, les matériaux ne nous font pas défaut. Ils manifestent leur état de nombreuses manières, bien que ce ne soit pas toujours sous la forme de réponse à nos questions, et nous en sommes momentanément réduits à interpréter leurs manifestations en nous aidant des notions que nous avons acquises grâce à l'étude des symptômes de névrose de transfert. L'analogie est assez grande pour nous garantir au début un résultat positif, sans que nous puissions dire toutefois si cette technique est susceptible de nous conduire très loin.

D'autres difficultés surgissent encore, qui s'opposent à notre avance. Les affections narcissiques et les psychoses qui s'y rattachent ne livreront leur secret qu'aux observateurs formés à l'école de l'étude analytique des névroses de transfert. Or nos psychiatres ignorent la psychanalyse et nous autres psychanalystes ne voyons que peu de cas psychiatriques. Nous avons besoin d'une génération de psychiatres passés par l'école de la psychanalyse, à titre de science préparatoire. Nous voyons actuellement se produire des efforts dans ce sens en Amérique, où d'éminents psychiatres initient leurs élèves aux théories psychanalytiques et où des directeurs d'asiles d'aliénés, privés et publics, s'efforcent d'observer leurs malades à la lumière de ces théories. Nous avons toutefois réussi à quelques reprises, nous aussi, à jeter un coup d'œil par-dessus le mur narcissique et je vais à présent vous exposer le peu que nous avons pu apercevoir.

La forme morbide de la paranoïa, de la folie systématique chronique occupe une place incertaine, dans les essais de classification de la psychiatrie moderne. Et pourtant, sa proche parenté avec la démence précoce constitue un fait incontestable. Je me suis permis un jour de réunir la paranoïa et la démence précoce sous la désignation commune de paraphrénie. En fonction de leur contenu, les formes de la paranoïa sont décrites comme mégalomanie, délire de persécution, érotomanie, délire de la jalousie, etc. Nous ne nous attendrons pas à ce que la psychiatrie fournisse des tentatives d'explications. Je mentionnerai sous ce rapport, à titre d'exemple (il est vrai qu'il s'agit d'un exemple qui remonte à une époque déjà lointaine et qui n'a plus toute sa valeur), l'essai visant à déduire un symptôme d'un autre, par rationalisation intellectuelle : le malade qui, en vertu d'une disposition primaire, se croit persécuté, tirerait de cette persécution la conclusion qu'il est un personnage important, ce qui donnerait naissance à sa mégalomanie. Pour notre conception analytique, la mégalomanie est la conséquence immédiate de l'agrandissement du moi par intégration des investissements libidinaux d'objet ; elle est un narcissisme secondaire, prenant la forme d'un retour du narcissisme primitif de la première enfance. Mais une observation faite dans le cas du délire de persécution nous avait engagés à suivre une piste déterminée. Nous avions tout d'abord remarqué que dans la grande majorité des cas, le persécuteur appartenait au même sexe que le persécuté. Ce fait pouvait bien s'expliquer d'une manière banale, mais dans quelques cas bien étudiés il est apparu clairement que c'était la personne du même sexe la plus aimée avant la maladie qui s'était transformée en persécutrice pendant celle-ci. Une autre évolution pouvait passer par le remplacement, respectant certaines affinités connues, de la personne aimée par une autre, par exemple du père par le précepteur, par le supérieur. De ces expériences, dont le nombre allait en augmentant, nous avions tiré la conclusion que la *paranoia persecutoria* est une forme morbide dans laquelle l'individu se défend contre une pulsion homosexuelle devenue trop forte. La transformation de la tendresse en haine, transformation qui, on le sait, peut devenir une grave menace pour la vie de l'objet à la fois aimé et haï, correspond dans ces cas à la transformation des pulsions libidinales en angoisse, cette dernière transformation étant une conséquence régulière du processus de refoulement. Écoutez par exemple la dernière de mes observations se rapportant à ce sujet. Un jeune médecin a été obligé de quitter sa ville natale, pour avoir adressé des menaces de mort au fils d'un professeur de l'Université de cette ville qui jusqu'alors avait été son meilleur ami. Il attribuait à cet ancien ami des intentions proprement diaboliques et une puissance démoniaque. Il l'accusait de tous les malheurs qui, au cours des dernières années, avaient frappé sa famille, de toutes les infortunes familiales et sociales. Mais non content de cela, le méchant ami et son père le professeur se seraient encore rendus responsables de la guerre et auraient appelé les Russes dans le pays. Il avait gâché sa vie à mille reprises, et notre malade était persuadé que la mort du malfaiteur mettrait fin à tout le malheur. Et pourtant, son ancienne tendresse pour ce malfaiteur était encore tellement forte que sa main se trouva comme paralysée le jour où il eut l'occasion d'abattre son ennemi d'un coup de revolver à bout portant. Au cours des brefs entretiens que j'eus avec le malade, il apparut que les relations amicales entre les deux hommes dataient de leur première année de lycée. Une fois au moins ces relations avaient dépassé les bornes de l'amitié : une nuit passée ensemble avait abouti à un rapport sexuel complet. Notre patient n'avait jamais éprouvé à l'égard des femmes un sentiment en rapport avec son âge et avec le charme de sa personnalité. Il avait jadis été fiancé à une jeune fille jolie et distinguée, mais celle-ci, ayant constaté que son fiancé n'éprouvait pour elle aucune tendresse, avait rompu les fiançailles. Plusieurs années plus tard, sa maladie s'était déclarée au moment même où il avait réussi pour la première fois à satisfaire complètement une femme. Celle-ci l'ayant embrassé avec reconnaissance et abandon, il éprouva subitement une douleur bizarre, comme une entaille tracée autour du crâne. Il interpréta plus tard cette sensation en disant qu'il avait eu l'impression qu'on lui faisait une trépanation pour lui disséquer le cerveau, et comme son ami s'était spécialisé dans l'anatomie pathologique, il découvrit peu à peu que celui-ci avait été le seul à pouvoir lui envoyer cette femme pour le tenter. À partir de ce moment-là, ses yeux s'étaient ouverts, et il comprit que toutes les autres persécutions auxquelles il était en butte étaient le fait de son ancien ami.

Mais comment les choses se passent-elles dans les cas où le persécuteur n'appartient pas au même sexe que le persécuté, cas semblant aller à l'encontre de notre explication par la défense contre une libido homosexuelle ? J'ai eu récemment l'occasion d'examiner un cas de ce genre et de tirer de la contradiction apparente une confirmation de ma manière de voir. La jeune fille, qui se croyait persécutée par l'homme auquel elle avait accordé deux tendres rendez-vous, avait en réalité commencé par diriger sa manie contre une femme qu'on peut considérer comme un substitut de sa mère. C'est seulement après le second rendez-vous qu'elle réussit à détacher l'idée délirante de la femme pour la reporter sur l'homme. La condition du sexe identique du persécuteur se trouvait donc aussi primitivement réalisée dans ce cas. Dans la plainte qu'elle avait formulée devant son ami juriste et son médecin, la malade n'avait pas mentionné cette phase préliminaire de son délire, ce qui avait pu fournir une apparence de démenti à notre conception de la paranoïa.

À l'origine, le choix d'objet homosexuel présente avec le narcissisme plus de points de contact que le choix hétérosexuel. Aussi, lorsqu'il s'agit d'écarter une pulsion homosexuelle d'une force indésirable, le retour au narcissisme se trouve particulièrement facilité. Je n'ai pas eu l'occasion jusqu'à présent de vous entretenir longuement des fondements de la vie amoureuse, tels que je les conçois, et il m'est impossible de combler ici cette lacune. Tout ce que je puis vous dire, c'est que le choix d'objet, le progrès dans le développement de la libido après la phase narcissique, peuvent s'effectuer selon deux types différents : selon le type narcissique, le moi du sujet étant remplacé par un autre moi qui lui ressemble autant que possible, et selon le type de l'étayage, dans lequel des personnes qui sont devenues indispensables, parce qu'elles procurent ou assurent la satisfaction d'autres besoins vitaux, étant également choisies comme objet par la libido. Une forte fixation de la libido sur le type narcissique du choix d'objet doit être considérée, selon nous, comme faisant partie de la prédisposition à l'homosexualité manifeste.

Je vous ai parlé, au cours de notre première rencontre, d'un cas de délire de la jalousie chez une femme. À présent que mon exposé touche à la fin, vous serez sans doute curieux de savoir comment j'explique une idée délirante au point de vue psychanalytique. Je regrette d'avoir à vous dire sur ce sujet moins que ce que vous attendez. L'inaccessibilité de l'idée délirante à l'action d'arguments logiques et d'expériences réelles s'explique, aussi bien que l'inaccessibilité de l'obsession aux mêmes influences, par ce rapport avec l'inconscient qui est représenté et réprimé par l'idée délirante ou par l'idée obsessionnelle. Les deux affections ne diffèrent entre elles qu'au point de vue topique et dynamique.

Comme dans la paranoïa, nous avons trouvé dans la mélancolie, dont on a d'ailleurs décrit des formes cliniques très diverses, une fissure qui nous permet d'apercevoir la structure interne de l'affection. Nous avons constaté que les reproches impitoyables dont les mélancoliques s'accablent eux-mêmes s'appliquent en réalité à une autre personne, à l'objet sexuel qu'ils ont perdu ou qui, par sa propre faute, a été dévalorisé. Nous avons pu en conclure que si le mélancolique a certes retiré de l'objet sa libido, cet objet se trouve reporté dans le moi, comme projeté sur lui, à la suite d'un processus auquel on peut donner le nom d'« identification narcissique ». Je ne puis vous donner ici qu'une image figurée et non une description topicodynamique en règle. Le moi est alors traité comme l'objet abandonné, et il supporte toutes les agressions et manifestations de vengeance qu'il attribue à l'objet. La tendance au suicide qu'on observe chez le mélancolique s'explique, elle aussi, plus facilement à la lumière de cette conception, le malade s'acharnant à supprimer du même coup et lui-même et l'objet à la fois aimé et haï. Dans la mélancolie comme dans les autres affections narcissiques se manifeste d'une manière très prononcée un trait de la vie affective auquel nous donnons généralement, depuis Bleuler, le nom d'ambivalence. C'est l'existence, chez une même personne, de sentiments opposés, amicaux et hostiles, à l'égard d'une autre personne. Je n'ai malheureusement pas eu l'occasion, au cours de ces entretiens, de vous parler plus longuement de cette ambivalence des sentiments.

À côté de l'identification narcissique, il existe une identification hystérique que nous connaissons depuis bien plus longtemps. Je voudrais déjà être à même de vous montrer la différence qui existe entre l'une et l'autre à l'aide de quelques définitions claires. En ce qui concerne les formes périodiques et cycliques de la mélancolie, je puis vous annoncer une chose que vous entendrez sûrement avec plaisir. Il est notamment possible, dans des conditions favorables (et j'en ai fait l'expérience à deux reprises), d'empêcher, grâce au traitement analytique appliqué dans les intervalles libres de toute crise, le retour de l'état mélancolique, soit de la même tonalité affective, soit d'une tonalité opposée. On constate alors qu'il s'agit, dans la mélancolie et dans l'idée délirante, de la solution d'un conflit d'un genre particulier, conflit dont les éléments sont exactement les mêmes que ceux des autres névroses. Vous vous rendez facilement compte de la foule de données que la psychanalyse est encore appelée à recueillir dans ce domaine.

Je vous ai dit également que nous pouvions, par l'analyse des affections narcissiques, acquérir des connaissances relatives à la composition du moi, aux instances qui entrent dans sa structure. Nous avons même déjà commencé à le faire. De l'analyse du délire d'observation, nous avons cru pouvoir conclure qu'il existe réellement dans le moi une instance qui observe, critique et compare inlassablement et s'oppose ainsi à l'autre partie du moi. J'estime donc que le malade nous révèle une vérité dont on ne tient généralement pas compte comme elle le mérite, lorsqu'il se plaint que chacun de ses pas soit épié et observé, chacune de ses pensées dévoilée et critiquée. Sa seule erreur consiste à situer au-dehors, comme lui étant extérieure, cette force si incommodante. Il sent dans son moi le pouvoir d'une instance qui mesure son moi actuel et chacune de ses manifestations d'après un moi *idéal* qu'il s'est créé lui-même au cours de son développement. Je pense même que cette création a été effectuée dans l'intention de rétablir ce contentement de soi-même qui était inhérent au narcissisme primaire infantile mais qui a depuis éprouvé tant de trouble et de vexations. Cette instance qui surveille, nous la connaissons : c'est le censeur du *moi*, c'est la conscience ; c'est la même qui exerce la nuit la censure de rêve, c'est d'elle que partent les refoulements des motions inadmissibles du souhait. En se désagrégeant sous l'influence du délire d'observation, elle nous révèle ses origines : influences exercées par les parents, les éducateurs, l'environnement social ; identification avec quelques-unes de ces personnes exemplaires.

Tels seraient quelques-uns des résultats obtenus grâce à l'application de la psychanalyse aux affections narcissiques. Je le reconnais, ils ne sont pas nombreux et manquent souvent de cette netteté qui s'obtient seulement lorsqu'on est bien familiarisé avec un nouveau domaine. Nous sommes redevables de ce résultat à l'utilisation de la notion de libido du moi ou libido narcissique, qui nous a permis d'étendre aux névroses narcissiques les données que nous avait fournies l'étude des névroses de transfert. Et maintenant, vous vous demandez sans doute s'il ne serait pas possible d'arriver à un résultat qui consisterait à subordonner à la théorie de la libido tout le trouble des affections narcissiques et des psychoses, de telle sorte que nous reconnaissions partout le facteur libidinal de la vie psychique comme responsable de la maladie, sans que nous puissions invoquer une altération dans le fonctionnement des pulsions de conservation. Eh bien, mesdames et messieurs, la réponse à cette question ne me paraît pas urgente et, surtout, elle n'est pas assez mûre pour qu'on se hasarde à la formuler. Abandonnons-la tranquillement au progrès du travail scientifique. Je ne serais pas étonné d'apprendre un jour que le pouvoir pathogène constitue effectivement un privilège des pulsions libidinales et que la théorie de la libido triomphe sur toute la ligne, depuis les névroses actuelles les plus simples jusqu'à l'aliénation psychotique la plus grave de l'individu. Nous savons tout de même que ce qui caractérise la libido, c'est son refus de se soumettre à la réalité du monde, à l'*ananké*. Mais il me paraît tout à fait vraisemblable que les pulsions du moi, entraînées par les impulsions pathogènes de la libido, soient elles aussi emportées, à titre secondaire, et soient elles aussi poussées vers le trouble fonctionnel. Et si j'apprends un jour que dans les psychoses graves, les pulsions du moi sont égarées d'une manière primaire, je ne verrai nullement dans ce fait un échec de la direction générale de nos recherches. Mais c'est là une question d'avenir, pour vous du moins.

Permettez-moi seulement de revenir un moment à l'angoisse, pour dissiper une dernière obscurité que nous y avons laissée. Nous avons dit qu'étant donné les rapports si bien connus désormais qui existent entre l'angoisse et la libido, il ne nous paraissait pas admissible, bien que la chose soit incontestable, que l'angoisse réelle en présence d'un danger soit la manifestation des pulsions de conservation. Ne se pourrait-il pas que l'état affectif caractérisé par l'angoisse puisât ses éléments, non dans les pulsions égoïstes du moi, mais dans la libido du moi ? C'est que l'état d'angoisse est au fond irrationnel, et son irrationalité devient surtout frappante lorsqu'il atteint un degré un peu élevé. Il trouble alors l'action, celle de la fuite ou celle de la défense, qui est seule rationnelle et susceptible d'assurer la conservation. C'est ainsi qu'en attribuant la partie affective de l'angoisse réelle à la libido du moi, et l'action qui se manifeste à cette occasion à la pulsion d'instinct de conservation du moi, nous écartons toutes les difficultés théoriques. Vous ne croyez pas sérieusement, je l'espère, que l'on s'enfuit *parce qu'on* éprouve de l'angoisse ? Non, on éprouve de l'angoisse *et* l'on prend la fuite pour le même motif, qui est fourni par la perception du danger. Des gens ayant couru de grands dangers racontent qu'ils n'ont pas éprouvé la moindre angoisse, mais ont tout simplement agi, en dirigeant, par exemple, leur arme contre la bête féroce. C'était certainement la réaction la plus rationnelle.

Une difficulté de la psychanalyse[1]

1. Cet article a d'abord été publié en hongrois, sous le titre « A pszichoanalizis egy nehézségéröl », dans la célèbre revue *Nyugat*, alors dirigée par Hugo Ignotus, ami intime de Ferenczi. Quelques mois plus tard, il paraissait sous son titre original, « Eine Schwierigkeit der Psychoanalyse », dans la revue *Imago*.

Je veux dire tout de suite, pour commencer, que je ne souhaite pas parler ici d'une difficulté intellectuelle, d'un problème qui rendrait la psychanalyse inaccessible à la compréhension de celui qui la reçoit (auditeur ou lecteur), mais d'une difficulté d'ordre affectif : quelque chose par quoi la psychanalyse s'aliène les sentiments du récepteur, si bien qu'il est moins enclin à lui prêter foi ou intérêt. On le notera, les deux difficultés reviennent au même. Quand on ne peut pas déployer suffisamment de sympathie pour une cause, on ne la comprend pas si facilement que cela.

Par égard pour le lecteur, que je m'imagine encore comme complètement étranger au sujet, je dois aller un peu plus loin dans les détails : en psychanalyse s'est formée, à partir d'un grand nombre d'observations et d'impressions distinctes, une sorte de théorie connue sous le nom de théorie de la libido. La psychanalyse, on le sait, traite de l'explication et de l'élimination de ce que l'on appelle les troubles nerveux. Il fallait trouver un angle d'attaque pour ce problème, et l'on s'est décidé à le chercher dans la vie des pulsions psychiques. Les suppositions sur la vie des pulsions humaines ont donc servi de base à notre conception de la nervosité.

La psychologie que l'on enseigne dans nos écoles ne nous donne que des réponses très peu satisfaisantes lorsque nous la questionnons sur les problèmes de la vie psychique. Mais dans aucun domaine les renseignements qu'elle fournit ne sont plus pitoyables que dans celui des pulsions.

À nous de déterminer comment nous voulons nous créer nos premiers points de repère sur cette question. La conception populaire distingue la faim et l'amour parmi les représentants des pulsions qui cherchent d'un côté à maintenir la vie de l'entité individuelle, et de l'autre à la reproduire. En nous fondant sur cette séparation tellement évidente, nous faisons aussi, en psychanalyse, une distinction entre les pulsions de la conservation de soi ou les pulsions du moi, d'une part, les pulsions sexuelles de l'autre, et nous donnons le nom de « libido » à la force par laquelle la pulsion sexuelle fait émergence dans la vie psychique : libido – désir sexuel, comme analogue, par exemple, à la faim, à la volonté de puissance, etc., parmi les pulsions du moi.

C'est sur le terrain de cette supposition que nous faisons ensuite la première découverte significative. Nous apprenons que les pulsions sexuelles forment ce qui apporte le plus de sens, et de loin, pour la compréhension des pathologies névrotiques, que les névroses sont en quelque sorte les maladies spécifiques de la fonction sexuelle. Que, de la quantité de la libido et de la possibilité de la satisfaire, dépend le fait qu'une personne est ou non affectée d'une névrose. Que la forme de la pathologie est définie par la manière dont l'individu a parcouru la voie d'évolution de la fonction sexuelle ou, comme nous le disons, par les fixations que sa libido a connues au fil de son évolution. Et que nous avons dans une certaine technique, pas très simple, de l'influence psychique, un moyen d'expliquer maints groupes de névroses tout en les faisant régresser. Nos efforts thérapeutiques connaissent le plus grand succès lorsqu'ils portent sur une certaine catégorie de névroses qui résulte du conflit entre les pulsions du moi et les pulsions sexuelles. Il arrive en effet, chez l'homme, que les exigences des pulsions sexuelles, qui vont bien au-delà de l'entité individuelle, fassent au moi l'effet d'un danger pesant sur la conservation de soi ou l'estime de soi. Alors le moi se met sur la défensive, refuse aux pulsions sexuelles la satisfaction souhaitée, et les force à emprunter ces détours de la satisfaction de substitution qui s'expriment sous forme de symptômes nerveux.

La thérapie psychanalytique parvient alors à soumettre le processus de refoulement à une révision et à guider le conflit vers une meilleure issue compatible avec la santé. Nos adversaires, qui ne nous comprennent pas, nous reprochent ici l'unilatéralité de notre évaluation des pulsions sexuelles : l'homme, nous dit-on, a d'autres centres d'intérêt que les seuls pôles sexuels. À aucun moment nous ne l'avons oublié ou nié. Notre unilatéralité est celle du chimiste qui ramène toutes les compositions à la force de l'attraction chimique. Il ne nie pas la pesanteur pour autant, mais laisse au physicien le soin d'en tenir compte.

Pendant le travail thérapeutique, nous devons nous soucier de la répartition de la libido chez le malade ; nous étudions les représentations d'objet auxquelles est attachée sa libido et nous la libérons afin de la mettre à disposition du moi. Nous en sommes venus, ce faisant, à nous faire une image très curieuse de la répartition initiale, de la répartition primitive de la libido chez l'être humain. Nous avons été forcés de supposer qu'au début de l'évolution individuelle, toute libido (chaque courant érotique, toute capacité amoureuse) est liée à sa propre personne et, comme nous le disons, investit son moi personnel. C'est plus tard seulement, en s'étayant sur la satisfaction des grands besoins humains, que la libido passe du moi aux objets extérieurs, ce qui, seulement, nous met en situation de reconnaître les pulsions libidinales en tant que telles et de les distinguer des pulsions du moi. La libido peut à son tour être détachée de l'objet et ramenée dans le moi.

À l'état dans laquelle le moi garde la libido auprès de lui, nous donnons le nom de narcissisme, en souvenir de la légende grecque du jeune Narcisse, qui tomba amoureux de son propre reflet.

Nous attribuons donc à l'individu un progrès menant du narcissisme à l'amour d'objet. Mais nous ne croyons pas que toute la libido du moi se reporte jamais sur les objets. Une certaine dose de libido demeure toujours auprès du moi, une certaine mesure de narcissisme subsiste malgré la présence d'un amour d'objet hautement développé. Le moi est un grand réservoir d'où émane la libido vouée aux objets, et vers lequel elle coule, dans l'autre sens, depuis les objets. La libido d'objet a d'abord été une libido du moi et peut de nouveau se convertir en libido du moi. Il est essentiel, pour assurer la santé de la personne, que sa libido ne perde pas sa pleine mobilité. Pour illustrer cet état de fait, pensons à un petit protoplasme, dont la substance visqueuse émet des pseudopodes (de faux pieds), des prolongements dans lesquels la substance corporelle s'étend mais qui peuvent à tout moment être rétractés, leur redonnant ainsi la forme de la petite boule de plasma.

Ce que j'ai tenté de décrire par le biais de ces allusions, c'est la théorie de la libido des névroses, sur laquelle sont fondées toutes nos conceptions de l'essence de ces états pathologiques, ainsi que le procédé thérapeutique auquel nous faisons appel pour les combattre. Il va de soi que nous appliquons aussi les hypothèses de la théorie de la libido au comportement normal. Nous parlons du narcissisme du petit enfant, nous attribuons au narcissisme surpuissant de l'homme primitif le fait qu'il croie à la toute-puissance de ses pensées et qu'il veuille par conséquent influencer le cours des choses, dans le monde extérieur, par la technique de la magie.

Après cette introduction, j'aimerais montrer que le narcissisme général, l'amour de l'humanité pour elle-même, a subi à ce jour trois sévères vexations infligées par la recherche scientifique.

1) L'homme a d'abord cru, aux commencements de sa recherche, que son siège, la Terre, se trouvait au repos au centre du cosmos tandis que le Soleil, la Lune et les planètes se déplaçaient autour de la Terre sur des trajectoires circulaires. Il suivait, ce faisant, d'une manière naïve, l'impression donnée par ses perceptions sensorielles, dès lors qu'il ne sentait aucun mouvement de la Terre et que chaque fois qu'il pouvait regarder librement autour de

lui, il se trouvait au centre d'un cercle qui entourait le monde extérieur. Or la position centrale de la Terre était pour lui une garantie du rôle dominant qu'elle tenait dans le cosmos, et semblait en harmonie avec la tendance de l'homme à se sentir comme le maître de cet univers.

La destruction de cette illusion narcissique se rattache pour nous au nom et à l'œuvre de Nicolas Copernic, au XVIe siècle. Bien avant lui, les pythagoriciens avaient douté de la position privilégiée de la terre, et Aristarque de Samos avait exprimé, au IIIe siècle avant J.-C., l'idée que la Terre était beaucoup plus petite que le Soleil et se déplaçait autour de ce corps céleste. La grande découverte de Copernic avait donc déjà été faite avant lui. Mais lorsqu'elle rencontra l'approbation de tous, l'amour-propre humain eut subi sa première vexation, la vexation *cosmologique*.

2) Au cours de son évolution culturelle, l'homme s'éleva au rang de maître des créatures animales qui l'entouraient. Mais insatisfait de cette domination, il commença à creuser un fossé entre leur nature et la sienne. Il leur dénia la raison et s'attribua une âme immortelle, invoqua une origine divine élevée qui autorisait à rompre le lien de communauté avec le monde animal. Il est étrange de constater à quel point cette arrogance est encore inconnue du petit enfant, comme de l'homme primitif et de l'homme des origines. Elle est le

résultat d'une ambitieuse évolution ultérieure. Pour le primitif au stade du totémisme, il n'y avait rien de choquant à faire remonter sa tribu à un ancêtre animal. Le mythe, qui contient l'expression de ce mode de pensée ancien, fait prendre aux dieux une forme animale, et l'art des premiers temps représente les dieux avec des têtes d'animaux. L'enfant ne ressent pas de différence entre sa propre nature et celle de l'animal ; dans le conte, il laisse, sans s'en étonner, l'animal penser et parler ; il reporte sur le chien ou sur le cheval un effet d'angoisse destiné au père sans avoir pour autant l'intention de rabaisser celui-ci. Il faudra qu'il soit devenu adulte pour s'être éloigné de l'animal au point de se servir de son nom pour insulter l'homme.

Nous savons tous que la recherche menée par Charles Darwin, ses collaborateurs et ses prédécesseurs, a mis, voici un peu moins d'un demi-siècle, un terme à cette présomption humaine. L'homme n'est rien d'autre ni rien de meilleur que les animaux, il est lui-même issu de la généalogie animale, plus apparenté à certaines espèces, moins à d'autres. Les acquisitions qu'il a faites par la suite n'ont pu effacer ces témoignages de l'égalité de valeur qui s'expriment dans sa complexion physique autant que dans ses dispositions psychiques. Or il s'agit de la deuxième vexation, biologique, du narcissisme humain.

3) C'est sans doute la troisième vexation, de

nature psychologique, qui est la plus sensible. L'homme, même s'il est humilié extérieurement, se sent souverain dans sa psyché personnelle. Quelque part, au cœur de son moi, il s'est créé un organe de surveillance qui veille à ce que ses propres émotions et ses actes concordent avec ses aspirations. S'ils ne le font pas, ils sont inexorablement inhibés et retirés. Sa perception intérieure, la conscience, informe le moi de tous les processus significatifs dans le mécanisme psychique ; la volonté guidée par ces informations exécute ce qu'ordonne le moi et transforme ce qui aimerait s'accomplir de manière autonome. Car cette psyché n'est en rien caractérisée par sa simplicité, il y a au contraire une hiérarchie d'instances placées au-dessus et au-dessous d'elle, un mélange désordonné d'impulsions qui, sans lien mutuel, incitent à leur exécution, conformément à la multiplicité des pulsions et des relations avec le monde extérieur, beaucoup d'entre elles étant en opposition et incompatibles les unes avec les autres. Il est nécessaire, pour la fonction, que l'instance suprême prenne connaissance de tout ce qui se prépare et que sa volonté puisse pénétrer partout afin d'exercer son influence. Mais le moi se sent certain aussi bien de la complétude et de la fiabilité des informations que du bon acheminement de ses ordres.

Il en va autrement dans certaines maladies, et justement dans les névroses que nous étudions. Le moi se sent mal à l'aise, il se heurte aux frontières de son pouvoir dans sa propre maison, la psyché (*Seele*[1]). On voit soudain apparaître des réflexions dont on ignore l'origine et l'on ne peut rien faire pour les chasser. Ces invités inconnus semblent pour leur part plus puissants que ceux qui sont soumis au moi ; ils résistent à tous les moyens de pouvoir de la volonté qui ont fait leurs preuves ailleurs, la réfutation logique ne les trouble pas, la réalité ne les atteint pas lorsqu'elle énonce un propos contraire. Émergent aussi, parfois, des impulsions semblables à celles d'un étranger, si bien que le moi les renie, et pourtant il est forcé de les redouter et de prendre des précautions pour s'en préserver. Le moi se dit : c'est une maladie, une invasion exogène, il renforce sa vigilance mais ne peut pas comprendre pourquoi il se sent paralysé d'une aussi étrange manière.

Confrontée à ce type d'épisodes, la psychiatrie conteste certes que de mauvais esprits étrangers se soient infiltrés dans la vie psychique, mais pour le reste elle se contente de hausser les épaules et de prononcer les mots : dégénérescence, prédisposition héréditaire, infériorité d'ordre constitutionnel ! La psycha-

---

1. Ce terme, que nous traduisons « la psyché » ou, lorsqu'il est employé comme adjectif, « psychique », n'a pas d'acception religieuse – sauf dans l'unique cas où, dans ce texte, nous le traduisons par « l'âme ». *(N.d.T.)*

nalyse entreprend d'expliquer ces maladies inquiétantes, elle lance des investigations longues et attentives, se crée des instruments conceptuels et des constructions scientifiques, et peut au bout du compte dire au moi : « Rien d'étranger n'est entré en toi ; une partie de ta propre vie psychique s'est dérobée à ta connaissance et à la maîtrise de ta volonté. C'est pour cette raison que tu es aussi faible dans la défense ; tu combats avec une partie de tes forces contre l'autre, tu ne peux pas rassembler toute ton énergie comme tu le ferais contre un ennemi extérieur. Et ce n'est même pas la part la plus mauvaise ou la moins importante de tes forces psychiques qui s'est ainsi dressée en opposition à toi et qui est devenue indépendante de toi. La faute, je dois le dire, c'est à toi qu'elle revient. Tu as surestimé ta force lorsque tu as cru que tu pourrais faire ce que tu voulais avec tes pulsions sexuelles, et que tu n'aurais pas à avoir le moindre égard pour leurs intentions. Alors elles se sont mises en colère et ont suivi leurs propres chemins obscurs pour échapper à l'oppression, elles se sont imposées d'une manière que tu ne peux plus agréer. Tu n'as pas compris comment elles y sont parvenues ni quelles voies elles ont suivies ; seul le résultat de ce travail, le symptôme que tu éprouves comme une souffrance, est arrivé à ta connaissance. Tu ne le reconnais pas alors comme le fruit de tes propres pulsions rejetées et tu ne sais pas qu'il s'agit de leur satisfaction de substitution.

» Si tout ce processus est possible, c'est uniquement parce que tu te trouves aussi dans l'erreur sur un autre point important. Tu te fies au fait que tu apprends tout ce qui se passe dans ta psyché pour peu que ce soit suffisamment important, parce que ta conscience, dans ce cas, t'en fait part. Et lorsque tu n'as pas eu de nouvelles de quelque chose qui se trouverait dans ta psyché, tu supposes, confiant, qu'il n'y a rien en elle. Mieux, tu vas jusqu'à pratiquer une identification entre "psychique" et "conscient", c'est-à-dire connu de toi, en dépit des preuves les plus manifestes du fait que dans ta vie psychique doivent constamment se dérouler beaucoup plus de choses que ta conscience ne peut en connaître. Tires-en donc la leçon sur ce point ! Le psychique en toi ne coïncide pas avec ce qui t'est conscient ; que quelque chose se déroule dans ta psyché n'est pas équivalent au fait que tu l'apprennes. D'ordinaire, je veux l'admettre, le service qui envoie les informations à ta conscience suffit à tes besoins. Tu peux te bercer de l'illusion que tu apprends tout ce qui est un tant soit peu important. Mais dans certains cas, par exemple dans celui d'un conflit pulsionnel de ce type, il fait défaut, et ta volonté, alors, ne va pas au-delà de ce que tu sais. Or dans tous les cas, ces informations adressées à ta conscience sont incomplètes, et il arrive fréquemment qu'elles soient peu fiables ; il advient aussi, assez souvent, que tu aies seulement vent de ce qui se produit au moment où cela s'est déjà produit, alors que tu ne peux plus rien y changer. Qui peut mesurer, même si tu n'es pas malade, tout ce qui se meut dans ta psyché et dont tu ne sais rien, si ce n'est des informations erronées ? Tu te comportes en souverain absolu qui se contente des informations que lui fournissent les services les plus élevés de sa cour et qui ne descend pas vers le peuple pour entendre sa voix. Va en toi-même, dans tes profondeurs, et commence par faire connaissance avec toi-même, alors tu comprendras pourquoi tu dois tomber malade, et tu éviteras peut-être de le devenir. »

Telle est la leçon que la psychanalyse voulait donner au moi. Mais les deux explications, le fait que la vie des pulsions en nous ne peut être pleinement maîtrisée, et celui que les processus psychiques sont en soi inconscients et ne peuvent être accessibles et soumis au moi que par une perception incomplète et peu fiable, reviennent à affirmer que *le moi n'est pas maître chez lui*. Elles constituent, ensemble, la troisième vexation de l'amour-propre, celle que j'aimerais qualifier de psychologique. Rien d'étonnant, dès lors, à ce que le moi n'accorde pas sa faveur à la psychanalyse et lui refuse sa croyance avec entêtement.

Très rares sont ceux qui pourraient avoir

compris quelle démarche lourde de conséquences serait pour la science et la vie l'acceptation de l'idée qu'il existe des processus psychiques inconscients. Hâtons-nous toutefois d'ajouter que ce n'est pas la psychanalyse qui a fait ce pas la première. Il faut citer, en guise de prédécesseurs, des philosophes renommés, notamment le grand penseur Schopenhauer, dont la « volonté » inconsciente doit être assimilée aux pulsions psychiques en psychanalyse. Le même penseur, du reste, a mis en garde dans des termes d'une force inoubliable les hommes à propos de la signification encore sous-estimée de leur tendance sexuelle. La psychanalyse n'a qu'une seule avance : elle n'affirme pas de manière abstraite les deux principes, tellement gênants pour le narcissisme, de la signification psychique de la sexualité et de l'inconscient de la vie psychique, mais la prouve à l'aide d'un matériau qui concerne personnellement chaque individu et le force à prendre position sur ces problèmes. Or c'est précisément pour cette raison qu'il dévie vers lui l'aversion et les résistances qui évitent encore farouchement le grand nom du philosophe.

ANNEXE

Les différences psychosexuelles entre l'hystérie et la démence précoce[1]

par Karl Abraham

1. Cet article, dont le titre original est « Die psychosexuellen Differenzen der Hysterie und der Dementia praecox », a paru en juillet 1908 dans le *Zentralblatt für Nervenheilkunde und Psychiatrie*. Il a été traduit par Ilse Barande avec la collaboration d'Élisabeth Grin.

La méthode psychanalytique nous a familiarisés avec les analogies de la genèse de l'hystérie et de la démence précoce[1]. À cet égard, un rappel des points les plus importants pourra suffire. Les symptômes des deux maladies tirent leur source de complexes sexuels refoulés. Dans les deux cas, des émois normaux ou pervers peuvent agir de façon déterminante sur la formation des symptômes. Les moyens d'expression des deux affections se ressemblent pour une bonne part ; il suffit de rappeler la symbolique sexuelle. Il est admis par tous les observateurs qu'il y a au-delà de ces traits communs une opposition essentielle. Mais ils n'ont pas jusqu'ici précisé son contenu sous une forme satisfaisante. Ils ont étudié des différences de

1. Voir en particulier Carl Gustav Jung, *Die Psychologie der Dementia praecox*, Halle, 1907.

degré et ont ainsi attiré notre attention sur la ressemblance des tableaux cliniques.

Puisque les caractères communs de l'hystérie et de la démence précoce sont de nature psychosexuelle, la question qui se pose est de savoir où l'analogie s'arrête. En d'autres termes : dans notre recherche des différences essentielles entre les deux affections, nous sommes ramenés au domaine psychosexuel.

La théorie de la sexualité de l'enfant, des perversions sexuelles et de la pulsion sexuelle des névrosés des *Trois essais sur la théorie sexuelle* fournit une base à notre investigation. Ma conception de la sexualité des malades mentaux chroniques est intimement liée à la théorie de la sexualité de Freud[1].

D'après Freud, les émois sexuels les plus précoces de l'enfant sont en rapport avec une seule zone érogène : la bouche. Au cours des premières années de la vie, d'autres zones corporelles deviennent zones érogènes. Les premières manifestations libidinales de l'enfant ont un caractère autoérotique. À ce stade, l'enfant ne connaît aucun objet sexuel en dehors de lui-même. Au cours de la période suivante du développement, il atteint à l'amour objectal.

1. Je dois d'avoir entrepris ce travail, qui va plus loin que les conceptions de Freud publiées jusqu'alors, aux communications écrites et orales de M. le professeur Freud ; certains aspects se sont confirmés au contact du Pr Bleuler et du Dr Jung au cours de mon activité à la clinique psychiatrique de Zurich.

Mais celui-ci n'a pas d'emblée une orientation précise et définitive vers les personnes de l'autre sexe. L'enfant porte en lui une série de pulsions partielles, seule la pulsion hétérosexuelle obtiendra et gardera la haute main. Les énergies issues des autres pulsions partielles sont soustraites à l'utilisation sexuelle et dirigées vers des buts sociaux importants. C'est le processus de la sublimation. Pour l'essentiel, la sublimation des composantes homosexuelles donne lieu au sentiment de dégoût, celle des composantes voyeuristes et exhibitionnistes à la honte, celle des composantes sadiques et masochiques à la peur, à la pitié et à d'autres sentiments similaires.

Le développement psychosexuel n'est pas épuisé par le transfert de la libido de l'enfant sur des personnes de l'autre sexe et la formation de sentiments sociaux à partir des pulsions partielles. Le transfert et la sublimation des énergies sexuelles vont au-delà ; tous deux fonctionnent normalement en harmonie. Les activités artistiques[1] et scientifiques et jusqu'à un certain degré bien des activités professionnelles reposent sur des processus de sublimation. Les personnes dont la libido n'est pas satisfaite transforment l'énergie sexuelle non liée en une activité professionnelle souvent fébrile. D'autres dirigent l'excès de leur libido

---

1. Voir à ce propos Otto Rank, *Der Künstler. Ansätze zu einer Sexualpsychologie*, Vienne, 1907.

vers des aspirations sociales et y trouvent, comme le langage le dit excellemment, leur « satisfaction ». Les meilleures forces convergent ainsi en sollicitude pour les malades et les nourrissons, en bienfaisance officielle, en protection des animaux, etc.

Le comportement social de l'homme repose sur sa capacité d'adaptation. Celle-ci est un transfert sexuel sublimé. Une certaine coexistence donne lieu chez les êtres à un rapport psychique positif ou négatif qui s'exprime par des sentiments de sympathie ou d'antipathie. Les sentiments d'amitié, d'harmonie croissent sur ce soi. Le comportement social d'un homme correspond parfaitement à sa manière de réagir aux excitations sexuelles. Dans l'un comme l'autre cas, les mêmes hommes se montrent plus ou moins accessibles, revêches ou délicats, exigeants ou faciles à contenter. Ce que nous percevons de guindé, de gauche, de carré dans la présentation de l'un, de gracieux, d'habile, etc., chez l'autre, indique sa capacité de s'adapter, c'est-à-dire de transférer.

Comme dans toute forme de traitement psychique, nous utilisons le transfert en psychanalyse[1]. La suggestion est une forme éclatante du

---

1. Voir Sigmund Freud, *Dora. Fragment d'une analyse d'hystérie*, Paris, Payot, coll. « Petite Bibliothèque Payot », 2010, et Isidor Isaac Sadger, « Die Bedeutung der psychoanalytischen Methode nach Freud », *Zentralblatt für Nervenheilkinde und Psychiatrie*, 1907.

transfert sexuel qui atteint son plus haut degré dans l'hypnose.

Mais la libido s'adresse en plus des vivants à des objets inanimés. L'homme entretient des rapports subjectifs issus de sa sexualité avec nombre des objets qui l'entourent. Je traiterai de cette question à propos de « Rêve et mythe » qui paraîtra prochainement[1]. Je me contenterai d'évoquer ici quelques points de vue importants. Notre langage attribue aux objets inanimés un sexe (genre) sur la base de certaines caractéristiques attribuées à l'homme ou à la femme. Comme le dit Kleinpaul[2], « l'homme sexualise tout ». La symbolique sexuelle du langage vient de la même source que le rêve et les troubles psychiques. Nous avons avec les objets qui nous sont devenus chers par l'usage ou les valeurs esthétiques un rapport personnel évident conforme à l'attraction sexuelle. Le goût manifesté dans le choix des objets est conforme au choix objectal sexuel. L'importance de cette forme d'amour objectal est très variable ; certaines personnes en sont presque dépourvues, d'autres sont dominées par une passion pour certains objets. La langue allemande, sensible à ces rapports

---

1. Voir Karl Abraham, « Rêves et mythes. Contribution à l'étude de la psychologie collective », in *Œuvres complètes, I : 1907-1914*, Paris Payot, 2000, p. 68.

2. Rudolf Kleinpaul, *Das Stromgebiet der Sprache*, Leipzig, 1892.

psychologiques, nomme « amant » (amateur) celui qu'aucun sacrifice ne rebute pour entrer en possession de l'objet convoité, elle le met à côté du soupirant. La forme extrême de l'amateur, c'est le collectionneur. La surestimation de l'objet qu'il collectionne est la même que la surestimation sexuelle chez l'amant. La passion du collectionneur est parfois le substitut direct d'un penchant sexuel ; le choix de l'objet collectionné peut recéler un symbolisme élaboré, la passion du célibataire disparaît éventuellement lorsqu'il se marie Les collections varient en fonction de l'âge, c'est connu.

Comparativement à la pulsion normale, le névrosé a un désir sexuel anormalement intense. Il manque d'harmonie interne ; les pulsions partielles ne sont qu'imparfaitement subordonnées à la pulsion hétérosexuelle et celle-ci tend à être refoulée. Les représentations liées à l'activité sexuelle normale éveillent le refus et le dégoût. Il y a constamment chez le névrosé une lutte entre les pulsions partielles, entre un désir et un refus également excessifs. Le sujet fuit son conflit dans la maladie. Avec l'irruption de la névrose, le matériel refoulé parvient à la conscience où il est converti en symptômes hystériques. Cette conversion sert de décharge aux émois refoulés normaux et surtout aux émois pervers ; les symptômes pathologiques morbides constituent une activité sexuelle anormale.

En dehors des périodes de maladie proprement dite, la libido névrotique se manifeste par un transfert accru ; les objets sont investis exagérément de libido. Il existe aussi une tendance excessive à la sublimation.

Sur la base de ces considérations, nous pouvons comparer le comportement psychosexuel des personnes qui souffrent de démence précoce et celui des sujets sains et des névrosés. Nous parlerons à cet effet de quelques formes appartenant au groupe de maladies mentales que Kraepelin a réunies sous le nom de démence précoce.

À un stade avancé de la maladie le patient gravement atteint reste dans un coin de l'hôpital, ou va et vient sans but. Son regard est fixe et absent, il hallucine, il murmure quelques mots, il gesticule bizarrement. Il ne parle à personne et évite toute rencontre. Il n'a aucune tendance à agir. II néglige sa présentation, mange malproprement, se salit, se barbouille de ses excréments, se masturbe sans honte en public. Tout se passe comme si l'entourage n'existait plus pour lui.

Le malade moins atteint présente au fond un comportement identique, mais non poussé à l'extrême. Il est également asocial et négatif ; il a des idées de persécution et de grandeur. Ses façons d'être et de parler sont curieuses, maniérées, ampoulées. Il se plaint vivement de l'internement, mais profère ces plaintes sans l'émotion adéquate. Il perçoit ce qui se passe dans le monde extérieur mais ne montre aucun intérêt réel. Il effectue un travail mécanique mais il n'en tire aucune satisfaction.

Le patient dont la maladie ne s'exprime pas par des manifestations grossières, ce qui permet d'éviter l'internement, se sent lésé par autrui, il ne s'entend plus avec les siens, il ne trouve plus aucune joie sans éprouver un manque. Il est dépourvu de besoins affectifs, de tact et de délicatesse. Nous ne parvenons pas à un contact avec lui. Il a peut-être une intelligence au-dessus de la moyenne, mais ses réalisations ne sont pas pleinement valables. Ce qu'il produit est bizarre, maniéré, blesse l'esthétique, ne contient pas l'accent affectif adéquat.

Les mêmes anomalies de la vie affective se voient dans toutes les formes[1] : les différences ne sont que de degré. Une forme légère peut s'aggraver ; une forme grave peut présenter des rémissions importantes. Alors que les représentations de l'homme sain s'accompagnent de sentiments adéquats, celles du malade ne comportent pas la juste nuance affective. Nous avons ramené tout transfert affectif à la sexualité. Nous arrivons à la conclusion que *la démence précoce détruit la capacité de transfert sexuel, d'amour objectal.*

Le premier attachement, inconsciemment

---

1. Lorsque nous parlons de la gravité, nous n'envisageons pas celle du processus morbide, nous parlons seulement des conséquences pratiques (sociales) de la maladie.

sexuel, de l'enfant s'adresse à ses parents, en particulier à celui du sexe opposé. Entre frères et sœurs, il en va de même. Mais vis-à-vis du parent de même sexe s'élaborent des sentiments de révolte et de haine. L'éducation et d'autres facteurs exogènes les font succomber au refoulement. Dans des conditions normales, il existe entre parents et enfants un attachement réciproque, un sentiment de communauté. Chez les hystériques, cet attachement est excessif pour un parent et le rejet de l'autre est violent. Les sujets atteints de démence précoce manquent d'affection pour les leurs ; leur indifférence ou leur hostilité sans fard les mènent au délire de persécution.

Un patient cultivé reçoit la nouvelle du décès de sa mère qui, malgré son rejet d'elle, lui avait conservé une tendre affection pendant sa longue maladie. Sa réaction consiste à demander, agacé : « C'est tout ce qu'il y a de nouveau ? » L'expérience quotidienne nous montre de même que les sentiments des parents pour leurs enfants s'éteignent.

Un jeune homme que je suivais était entré précocement dans la maladie. Il avait un transfert si marqué sur sa mère qu'à trois ans il s'exclama un jour : « Mère, si tu meurs, je me jetterai une pierre à la tête et je mourrai aussi. » Il ne la cédait pas un instant à son père. Il se l'appropriait au cours des promenades, la surveillait jalousement et se montrait haineux vis-à-vis de son frère. Depuis toujours, il avait l'esprit de contradiction. Sa mère dit de lui qu'il avait alors déjà la manie de la dénégation. Il ne se familiarisa avec aucun autre garçon, ne s'attachant qu'à sa mère. À treize ans, son indiscipline obligea les parents à le confier à des étrangers. Sa mère le conduisit à sa nouvelle destination. Dès l'instant de l'adieu, il changea du tout au tout. Son amour et son penchant excessifs pour sa mère se muèrent en une froideur totale. Il écrivait des lettres guindées, formelles où il ne la mentionnait jamais. Progressivement, il développa une psychose hallucinatoire grave, au cours de laquelle le vide affectif se précisa de plus en plus.

La recherche psychanalytique nous apprend qu'une violente hostilité prend souvent la place d'un amour exalté. Ce retrait libidinal de l'objet d'un transfert particulièrement intense est indiscutable dans la démence précoce.

Souvent, l'anamnèse des patients comporte les notations suivantes : il (ou elle) a toujours été silencieux, enclin à la rumination mentale, effarouché, peu accessible à la société et aux amusements, jamais vraiment joyeux comme les autres. Ces personnes n'avaient donc jamais pu transférer leur libido dans le monde extérieur. Elles deviendront les éléments asociaux des asiles. Leur parole manque de vivacité. Du même ton, avec la même mimique, elles parleront du sujet le plus important comme du plus infime détail. Cependant, lorsque l'entretien touche à leur complexe, la réaction affective peut être très violente.

À certains égards, les malades atteints de démence précoce sont très suggestibles. Cette constatation peut paraître en contradiction avec la supposition d'une carence de transfert sexuel. Mais cette suggestibilité diffère de celle des hystériques. Elle me paraît due au fait que le patient ne se rebiffe pas contre telle ou telle influence, du fait de son indifférence du moment (« automatisme de commande » de Kraepelin). Le trouble de l'attention joue un rôle à cet égard. Il me semble donc que cette suggestibilité est une absence de résistance. Elle s'inverse facilement en opposition. Le négativisme de la démence précoce est précisément le contraire du transfert. À l'inverse des hystériques, les patients ne sont que faiblement accessibles à l'hypnose. Un essai de psychanalyse nous convaincra de l'absence de transfert ; c'est pourquoi cette méthode n'est pas une thérapeutique de la démence précoce.

La fréquentation des patients nous permet de voir d'autres aspects de l'absence de transfert. Ils ne sont jamais gais. Ils n'ont pas le sens de l'humour. Leur rire est superficiel, forcé ou grossièrement érotique, jamais cordial. Souvent d'ailleurs, il n'est pas signe de gaieté, mais dû au fait que le complexe a été touché ; il en est ainsi du rire stéréotypé des hallucinés, car les hallucinations concernent constamment le complexe. La présentation des patients est maladroite et rigide ; elle objective l'inadéquation au milieu. Kraepelin souligne bien cette « perte de la grâce ». Le besoin d'aménager une atmosphère confortable et amicale s'est perdu. Avec l'attachement aux êtres disparaît l'attachement pour l'activité, la profession. Les patients se replient sur eux-mêmes, et il me semble particulièrement caractéristique qu'ils ne connaissent pas l'ennui. Il est vrai qu'on peut les éduquer, pour la plupart d'entre eux, à accomplir un travail utile. Pour y parvenir il faut leur suggérer de travailler. Les patients se soumettent sans trouver de satisfaction à leur activité. Lorsque la suggestion cesse, ils s'arrêtent. Il existe une exception apparente : les patients travaillant du matin au soir, infatigablement, sans trêve. Ces travaux se font alors à la faveur d'un complexe. Ainsi, un patient, par exemple, est infatigable dans ses activités de fermier car il considère le sol de l'asile comme le sien propre. Un patient âgé s'occupe sans relâche à la plonge de sa section et ne souffre aucune aide. De l'eau de l'évier lui parviennent les conversations des elfes. Ils lui ont prédit qu'un jour il irait les rejoindre s'il lavait auparavant cent mille pièces de vaisselle. Cet homme de quatre-vingts ans n'avait d'intérêt que pour cette activité qu'il poursuivait selon des rites mystérieux.

Les patients n'entretiennent plus un rapport intime avec leurs objets, leur bien. Ce qui les entoure est dépourvu de charme pour eux. Il leur arrive d'exprimer un désir intense d'un objet ; mais l'accomplissement de leur demande reste sans effet. Certains objets sont protégés avec sollicitude, mais, à l'occasion, on découvre que l'attachement n'est pas réel. Ainsi un patient collectionnait des pierres ordinaires, les déclarait précieuses et leur attribuait une valeur énorme. Le tiroir où il les conservait finit par céder sous le poids. Lorsqu'on enleva les pierres, le patient protesta contre cette atteinte à son droit. Mais il ne regretta pas les joyaux perdus, il refit une collection de graviers. Ceux-ci convenaient aussi bien comme symboles de sa fortune que la collection précédente. L'absence de plaisir aux objets explique probablement en partie la tendance destructrice si fréquente.

Souvent le trouble n'intéresse pas seulement les sublimations sociales élaborées qui se sont formées lentement au cours de la vie, mais aussi celles qui datent de la petite enfance : honte, dégoût, sentiments moraux, pitié, etc. Une investigation exacte montrerait l'extinction partielle de ces sentiments dans tout cas de démence précoce. Dans les cas graves, le trouble se perçoit d'emblée. Les faits les plus crus de ce genre sont le barbouillage avec les excréments, l'absorption d'urine, la malpropreté, qui montrent l'absence du dégoût. De même le comportement érotique sans gêne, l'exhibitionnisme font conclure à la perte de tout sentiment de honte. Ces comportements rappellent celui de l'enfant qui ne connaît ni le dégoût devant les excréments ni la honte de la nudité. L'absence de réticence avec laquelle les malades s'expriment sur leur vie privée passée est du même ordre. Ils ne font que rejeter ainsi des réminiscences qui ont perdu leur valeur et leur intérêt. La sympathie disparaît, comme le prouve la conduite des patients confrontés à des actes cruels qu'ils ont commis eux-mêmes. J'ai vu une fois un tel malade quelques heures après qu'il eut fusillé un voisin inoffensif et blessé gravement sa femme. Il parlait en toute tranquillité de son acte et de ses motifs et savourait tranquillement son repas.

Nous avons vu deux séries de manifestations : les unes montrent la libido détachée des objets vivants et inanimés, les autres la perte des sentiments acquis par sublimation. La démence précoce conduit donc à la suppression de l'amour objectal[1] et de la sublimation. Ce n'est que dans la petite enfance que nous trouvons un tel état. Pour cette période, nous avons, avec Freud, parlé d'« autoérotisme », faute d'investissement objectal et de sublimation. La particularité psychosexuelle de la démence précoce réside en ce que le sujet malade retourne à l'autoérotisme. Les

1. Un de mes patients, s'adressant à lui-même dans ses écrits innombrables, disait « tu » ; il était bien le seul objet qui pût l'intéresser.

symptômes de la maladie sont une forme d'activité sexuelle autoérotique.

Bien entendu, cela ne veut pas dire que tout émoi sexuel du malade soit purement autoérotique. Mais il est vrai que tout attachement du malade pour une autre personne est en quelque sorte contaminé par l'autoérotisme. Lorsqu'une patiente montre un amour apparemment très vif, fougueux, nous sommes régulièrement frappés par l'absence de honte dans l'expression qu'elle en donne. Mais la perte du sentiment de honte, produit de la sublimation, signifie pour nous un pas fait en direction de l'autoérotisme. Par ailleurs, nous voyons ces malades s'éprendre rapidement et sans discrimination, et changer de même. À l'hôpital, certaines femmes sont toujours éprises du médecin présent ; bientôt chacune d'elles a l'idée délirante d'être sa fiancée ou sa femme, se croit enceinte de lui, perçoit un signe d'amour dans chacune de ses paroles. Le médecin s'en va-t-il, il est aussitôt remplacé par son successeur dans la vie sentimentale de la patiente. Les malades sont donc encore en état de projeter leur besoin sexuel sur quelqu'un, mais incapables d'un attachement réel à la personne aimée. D'autres patients entretiennent pendant des années un amour imaginaire ; il n'existe que dans leur fantasme ; ils n'ont peut-être jamais vu leur objet sexuel ; en réalité, ils se barricadent contre tout contact avec autrui. Bref, l'une ou l'autre manifestation d'autoérotisme apparaît toujours. Dans les cas de ce genre, une rémission prolongée peut simuler la guérison, mais l'impossibilité d'une adaptation au monde extérieur est dans la règle le trait pathologique le plus facilement reconnaissable.

Le malade qui détache sa libido des objets se met en contradiction avec le monde. Seul, il est confronté avec un monde hostile. Il semble que les idées de *persécution*[1] concernent surtout les personnes qui ont antérieurement absorbé la libido transférée du patient. Dans beaucoup de cas, le persécuteur aurait été originellement l'objet sexuel et le délire de persécution aurait une origine érogène.

L'autoérotisme de la démence précoce est non seulement la source du délire de persécution, mais aussi du délire de grandeur. Normalement, deux personnes qui ont transféré leur libido réciproquement sont dans un rapport de surestimation amoureuse (« surestimation sexuelle » de Freud). Le malade mental consacre à lui-même, comme seul objet sexuel, toute la libido que l'homme normal tourne vers l'entourage vivant ou inanimé. La surestimation sexuelle ne concerne que lui. Elle prend des proportions colossales puisqu'il est pour lui-même son univers ! *La surestimation sexuelle*

1. Le détachement de la libido du monde extérieur est habituellement la base de la formation du délire de persécution. Je ne puis prendre en considération ici les autres facteurs en cause.

réfléchie sur le moi, ou autoérotique, est la source du délire de grandeur de la démence précoce[1]. Les délires de persécution et de grandeur sont donc étroitement liés. Tout délire de persécution dans la démence précoce contient implicitement un délire de grandeur.

La barrière autoérotique vis-à-vis du monde extérieur n'agit pas seulement sur la face expressive du comportement, mais aussi sur sa face perceptive. Le malade se ferme aux perceptions sensorielles réelles. Son inconscient, par le truchement des hallucinations, forme des perceptions conformes aux désirs inconscients. Le malade pousse ce barrage si avant qu'il arrive à un boycottage du monde extérieur ; il ne produit plus pour lui et il n'en attend plus rien, il détient le monopole des impressions sensorielles.

Ce patient qui ne manifeste aucun intérêt pour le monde extérieur, qui végète replié sur lui-même, dont l'expression mimique éveille une impression d'obtusion totale, paraît atteint d'une détérioration tant intellectuelle qu'affective. C'est le terme de « démence » qui s'applique le mieux ici. Mais le même mot est employé pour décrire les séquelles d'autres psychoses qui, en fait, diffèrent totalement de

---

1. C'est l'aspect général de la surestimation sexuelle autoérotique que je considère comme source de la mégalomanie dans la démence précoce. La forme particulière du délire me semble déterminée par un souhait refoulé.

la forme qui nous retient ici. Je veux parler des démences épileptique, paralytique et sénile. Le seul caractère commun à ces affections, c'est leur *effet* : la réduction du rendement intellectuel et cela à un certain degré seulement. Ce n'est qu'en tenant compte de cela qu'on se trouve autorisé à employer le même terme. Avant tout, il faut se garder de faire – comme cela est fréquent – d'une idée délirante une idée « imbécile » sous prétexte qu'elle est absurde. Sinon, il faudrait en dire autant des absurdités si significatives du rêve. La démence paralytique, comme la démence sénile, détruit les capacités intellectuelles : toutes deux conduisent à des lacunes grossières. La démence épileptique conduit à un appauvrissement, à une monotonie des représentations et à une difficulté de compréhension. Les modifications dans ces cas sont au mieux susceptibles d'un arrêt provisoire mais sont généralement évolutives. La « démence » de la démence précoce, par contre, est fondée sur le repli affectif. Les capacités intellectuelles sont conservées : le contraire – si souvent affirmé – n'a pour le moins jamais pu être démontré. C'est en raison de sa retraite autoérotique que le patient n'est plus impressionné et ne réagit plus, ou anormalement, au monde extérieur. Cet état peut se résoudre à tout moment : la rémission peut être telle qu'on ne suspecte même pas un déficit intellectuel.

La « démence » de la démence précoce est un phénomène autoérotique. C'est un état où manque toute réponse affective au monde extérieur. Par contre, les déments épileptiques ou organiques ont des réactions affectives très vivantes pour autant qu'ils peuvent saisir ce qui se passe. L'épileptique n'est jamais indifférent ; c'est de façon excessive qu'il prend parti pour l'amour ou la haine, il transfère sa libido à un degré extrême sur les gens et les choses, il témoigne beaucoup d'affection et de gratitude aux siens. Il se plaît à son travail et tient très fortement à ce qu'il possède. Il conserve la moindre feuille de papier et considère ses trésors avec une joie toujours renouvelée.

C'est l'autoérotisme qui distingue la démence précoce de l'hystérie. Ici le détachement de la libido, là l'investissement excessif de l'objet, ici la perte de la capacité de sublimer, là une sublimation accrue.

Les particularités psychosexuelles de l'hystérie sont en général observables dès l'enfance, alors que les symptômes graves de la maladie ne feront irruption que bien plus tard. Nombre de cas montrent dès l'enfance des signes d'une atteinte. De là, nous concluons au caractère inné de la constitution psychosexuelle des hystériques. La même conclusion est valable pour la démence précoce. L'anamnèse nous apprend souvent que les patients furent de tout temps bizarres et rêveurs et ne se lièrent avec personne. Bien avant le « début » de la maladie, ils ne parvenaient pas à transférer leur libido et faisaient de leur imagination le champ de leurs aventures d'amour. Il ne doit guère exister de cas où il en soit autrement. Il faut souligner aussi la propension marquée de ces sujets à l'onanisme. Ces individus n'ont donc jamais dépassé réellement l'autoérotisme infantile. L'amour objectal ne s'est jamais pleinement développé. Quand la maladie devient manifeste, ils se tournent complètement et à nouveau vers l'autoérotisme. La constitution psychosexuelle de la démence précoce repose donc sur une inhibition du développement. Les quelques cas cliniques qui présentent dès l'enfance des manifestations psychotiques grossières confirment cette assertion de façon éclatante, en ce qu'ils permettent de reconnaître clairement la fixation pathologique à l'autoérotisme. L'un des patients que j'observais avait déjà manifesté un négativisme complet à l'âge de trois ans. Quand on le lavait il refusait qu'on lui essuyât ses doigts en les serrant. Il avait le même comportement à la fin de ses études secondaires. Ce patient, à deux ou trois ans, ne se laissait pas convaincre pendant des mois de déféquer ; sa mère devait le prier quotidiennement d'abandonner cette attitude. Cet exemple prouve la fixation anormale à une zone érogène, ce qui est une manifestation autoérotique typique. Le jeune patient que j'ai cité et qui brusquement, à l'âge de treize ans, se détourna de sa mère avait également eu dès l'enfance un comportement négativiste.

L'inhibition du développement psychosexuel ne s'exprime pas seulement par un dépassement insuffisant de l'autoérotisme, mais encore par une persistance anormale des pulsions partielles. Cette particularité mérite une étude particulière et approfondie. Je ne ferai que l'illustrer ici d'un trait tiré de l'histoire de la maladie du patient dont je viens de décrire l'attitude autoérotique négativiste. À l'âge de vingt-sept ans, il fut, du fait de son refus alimentaire, nourri à la sonde par un médecin. Il vécut cette intervention comme un acte de pédérastie et le médecin comme un persécuteur homosexuel. Nous trouvons ici l'expression de la pulsion partielle homosexuelle, déplacée de la zone anale à une autre zone érogène (« déplacement vers le haut » de Freud), et l'origine érogène d'une idée de persécution.

La persistance anormale des pulsions partielles existe également chez les névrosés. Eux aussi souffrent d'une inhibition de leur développement psychosexuel. Mais la tendance autoérotique est absente. Le trouble de la démence précoce est plus profond ; le sujet qui n'a jamais pu se détacher du stade le plus précoce du développement psychosexuel est rejeté au stade autoérotique au fur et à mesure de la progression du processus morbide.

L'hypothèse d'une constitution psychosexuelle anormale, dans le sens de l'autoérotisme, explique pour moi une grande partie des manifestations morbides de la démence précoce et rend superflues les nouvelles hypothèses concernant les toxines.

Il est bien entendu impossible d'épuiser en si peu de pages les phénomènes pathologiques innombrables qui sont à rapporter à l'inhibition du développement psychosexuel. Mais un travail plus étendu ne serait pas mieux en mesure d'y parvenir actuellement. L'analyse des psychoses sur la base de la théorie freudienne en est à ses débuts. Mais elle me semble appelée à nous apporter des éclaircissements qui ne peuvent pas être obtenus par une autre voie. Je pense en premier lieu au problème du diagnostic différentiel entre la démence précoce et l'hystérie et la névrose obsessionnelle. De même, l'investigation psychanalytique de la genèse des différentes formes de délire paraît abordable. Peut-être même cette méthode nous aidera-t-elle à élucider les perturbations intellectuelles qui font partie du tableau clinique de la démence précoce – et que nous sommes encore loin de comprendre ?

TABLE

(Du même auteur, suite)

Pulsions et destins des pulsions
L'Inconscient
Deuil et mélancolie
Pour introduire le narcissisme
Névrose et psychose
Inhibition, symptôme et angoisse
Trois mécanismes de défense : le refoulement, le clivage et la dénégation
Le Roman familial des névrosés, et autres textes
La Sexualité infantile
Le Rêve de l'injection faite à Irma
Mémoire, souvenirs, oublis
Du masochisme. Les aberrations sexuelles ; Un enfant est battu ; Le problème économique du masochisme
L'Inquiétant familier, suivi de : *Le Marchand de sable* (E.T.A. Hoffmann)
Une névrose diabolique au XVIIe *siècle*, précédé de : *La Peau de chagrin* (Honoré de Balzac)
Le Président T.W. Wilson. Portrait psychologique (avec William C. Bullitt)
Sur les névroses de guerre (avec Sándor Ferenczi et Karl Abraham)
Pourquoi la guerre ? (avec Albert Einstein)
Correspondance avec Stefan Zweig

Imprimé par CPI (Barcelona)
en juillet 2016
Dépôt légal : mars 2013

Imprimé en Espagne